Ida Simons

Een dwaze maagd

Roman

Cossee
Amsterdam

Voor Corry Le Poole-Bauer

Eerste druk mei 2014
Tweede druk juni 2014
Derde druk juni 2014
Vierde druk juli 2014
Vijfde druk augustus 2014

Omslagbeeld Valentin Serov, *Meisje met de perziken*
Foto auteur © erven Simons
Omslag Irwan Droog/Uitgeverij Cossee
Typografie binnenwerk Perfect Service, Schoonhoven
Druk Ten Brink, Meppel

ISBN 978 90 5936 504 9 | NUR 301
E-ISBN 978 90 5936 505 6

'Iedereen is in staat een wanhopige te weerhouden op het laatste ogenblik. Men moet hem op het gepaste moment een kop koffie geven of een borrel of men moet hem zeggen dat hij er als lijk onappetijtelijk of dom zal uitzien. Hoofdzaak is dat men zich aan die kleine plicht niet onttrekke: men moet de koffie of de borrel omzeggens in zijn hart klaar hebben.'

Marnix Gijsen, *De man van overmorgen*

I

Van jongs af aan was ik eraan gewend mijn vader, ongeveer dagelijks, te horen zeggen, dat hij zijn medemensen ernstig benadeeld had omdat hij niet begrafenisondernemer geworden was. Naar zijn stellige overtuiging zou, onmiddellijk daarna, de bevolking van onze planeet louter uit onsterfelijken hebben bestaan.

Hij was een schlemiel en hij wist het; hij had er wel meer zure grapjes over. Doordeweeks konden die niet veel kwaad, maar op hoogtijdagen was zelfs een eenvoudige opmerking als die over de begrafenisonderneming voldoende om een felle twist te doen ontbranden.

Op zon- en feestdagen vochten mijn ouders als kat en hond.

Hoewel ze anders redelijk met elkaar overweg konden, liep dat toch nogal op omdat joden met een dubbel stel feestdagen behept zijn. Het was voor mij dan ook een punt van groot belang spoedig te weten op welke dagen de onze zouden plaatsgrijpen in het komende jaar. Zodra ik lezen kon zocht ik ze al in december op, dadelijk nadat de nieuwe kalender verschenen was.

Ontstellend vaak vielen onze feesten vlak vóór, of na, die van de overige mensheid en ze vielen dan al bij voorbaat als stenen op mijn hart, want met mijn vader vier dagen achtereen in huis, was het onvermijdelijk dat oom Salomon en kapitein Frans Banning Cocq ter sprake zouden komen.

Door welke oorzaken de geschillen tussen mijn ouders ontstonden en hoe het verdere verloop ervan mocht zijn, er kwam steeds een ogenblik waarop ze het in zoverre weer roerend eens waren dat ze eendrachtig oom Salomon en de roemruchtige kapitein hartgrondig verwensten.

Wanneer dat met meer dan gebruikelijke heftigheid gebeurde, trok mijn moeder met mij weer naar haar ouderlijk huis. Tot ik de Mardells in mijn geboortestad ontmoette vond ik dat een zeer matig genoegen, daarna kreeg de wekelijkse strijd van mijn ouders het opwindende karakter van een kansspel. Als het een ruzie van formaat werd, zonder uitzicht op een spoedige verzoening, had ik prijs: Antwerpen – maar ook deze loterij had meer nieten dan prijzen. Meestal liep de herrie met een sisser af – en ik kon alleen maar hopen meer veine te hebben op een volgende feestdag.

Voordat oom Salomon en de kapitein zich zo noodlottig met hem bemoeiden heeft mijn vader enige gelukkige jaren in Antwerpen gekend. Hij sprak erover als van een verloren paradijs, waarin hij niet anders had gedaan dan paardrijden, schermen en de opera bezoeken; die goede herinneringen kwamen niet geheel en al met de werkelijkheid overeen. Hij had, om te beginnen, tien uur per dag werk te doen waartoe hij alle neiging en aanleg miste. Hij zou graag violist geworden zijn, maar zijn ouders vonden een muzikantenbestaan voor een zoon uit hun familie, die zijzelf voor zeer deftig hielden, niet voornaam genoeg. Hij moest in de handel en werd in de leer gedaan bij bevriende fabrikanten. Zijn volkomen ongeschiktheid voor het zakenleven kwam daar niet aan het licht of werd, misschien uit beleefdheid tegenover zijn ouders, verzwegen. Hoe hij in Antwerpen terechtkwam heeft hij niet verteld – wel dat het een liefde op het eerste gezicht was en dat hij meteen besloot daar te blijven wonen. Hij nam deel aan al wat de stad aan aangename ontspanning bood, maar hij was, jammer genoeg, een ernstige, oppassende jongen die lichtzinnige genoegens meed en dat verzuim zou zwaar gestraft worden.

Hij at iedere dag met een jeugdige landgenoot een warme maaltijd in de enige eetgelegenheid waar voedsel, volgens de joodse spijswetten bereid, verkrijgbaar was. De eigenaar ervan wist zich sterk in zijn koosjermonopolie, de gasten hadden niets in te brengen. Aan een van de vier ronde tafels in een klein, schemerdonker vertrek gezeten, aten ze gedwee op wat ze voorgezet kregen.

In deze sombere omgeving verscheen op een lentemiddag, een halve eeuw geleden, een kleurige groep. Drie meisjes en drie jongens vergezeld door hun ouders en een onopvallend blond vrouwtje. Het was, volgens mijn vader, of er een troep kolibries per abuis in een mussenkolonie was terechtgekomen. Ze schetterden en kwetterden allemaal tegelijk in het Engels, Nederlands en Spaans en ze trokken zich niets aan van de opschudding die ze teweegbrachten.

Het werd een zwarte dag voor de eigenaar van het restaurant.

Tot grote vreugde van zijn dagelijkse slachtoffers vroeg het hoofd van de wonderlijke familie hem hoe hij ertoe kwam zo'n apenhok de weidse naam van restauratiezaal te geven. 'Maar,' liet hij er welwillend op volgen, 'misschien is je eten heel goed, het is wel meer voorgekomen dat ik in een miserabel hol uitstekend voer kreeg.'

De drie meisjes hadden witte japonnen aan en droegen grote strohoeden, kwistig met rozen versierd. Daar ze de vorige dag uit Argentinië aangekomen waren, hadden ze nog geen tijd gehad kleren te kopen die beter bij de koele westerstranden pasten. Met genoegen merkten ze dat ze ondanks hun malle hoeden grote indruk maakten op de gasten aan de overige tafels.

Ze moeten heel mooi zijn geweest, de drie zusjes, menigeen heeft mij later, zuchtend, over hun schoonheid verteld.

'Donker krulhaar hadden ze en fluwelige bruine ogen en een huid die de kleur had van oud ivoor, kleine koraalrode mondjes waar geen lippenstift aan te pas hoefde te komen...' De vroegere aanbidders eindigden steeds hun relaas met mij te beklagen omdat ik op mijn vader leek.

Deze was na vijf minuten vastbesloten het oudste meisje te trouwen of te sterven.

Terwijl de andere stamgasten genoten van de kernachtige stijl waarin haar vader de waard zijn misnoegen over de groezelige staat van het tafellaken en de verachtelijke kwaliteit van de opgediende spijzen kenbaar maakte, was de verliefde dwaas al in gedachten bezig een huis voor haar in te richten. Hij was te bedeesd om een stap in haar richting te wagen en toen hij vrij hardhandig door zijn vriend uit de eetzaal werd verwijderd omdat hij weer aan het werk moest, wist hij niet hoe zijn aangebedene heette, of waar ze woonde, noch of hij haar ooit weer te zien zou krijgen.

Hij bracht zijn vrije tijd door met op wacht staan bij de deur van het restaurant totdat de kok medelijden met hem kreeg en hem zei dat hij zich die moeite kon sparen, de waard en de vader van de familie waren als gezworen vijanden gescheiden. De oude baas had, toen hij de rekening betaalde, opgemerkt: 'Hier ben ik twee keer geweest, de eerste en de laatste keer', en de waard had hem en zijn gezin de toegang tot zijn etablissement ontzegd tot in lengte van dagen.

Een week later maakte mijn vader met de kolibries kennis in het huis van zijn patroon, waar hij iedere maand ambtshalve een bezoek afstak. Als hij in die tijd tot redelijk denken in staat was geweest dan had hij een dergelijke mogelijkheid wel kunnen voorzien; in de toestand waarin hij verkeerde beschouwde hij het als een wonder. Een jaar van abjecte slavernij brak voor hem aan. Hij vroeg het meisje iedere week ten huwelijk en ze wees hem telkens af. Hij werd ongenadig geplaagd door haar broertjes en zusters. Haar moeder gebruikte hem als boodschappenjongen en met haar vader moest hij schaken en dammen en zo zien te spelen dat hij alle partijen verloor, want de oude kon niet tegen zijn verlies. De enige die met het lot van de onfortuinlijke vrijer begaan bleek was de kleine blonde vrouw die hij zich vaag herinnerde van de fatale eerste ontmoeting. Ze heette Rosalba en leidde de huishouding. Zij was het die hem na een jaar zei dat hij weg moest gaan omdat hij toch geen kans maakte. Hij begreep dat ze het goede met hem voor had en beloofde zo spoedig mogelijk te vertrekken.

Hij vroeg ontslag bij zijn werkgever, schreef het meisje een afscheidsbrief, zond haar en alle anderen in haar huis een aandenken en maakte zich reisvaardig.

Een paar dagen voor hij weer naar zijn land terug zou gaan kreeg hij de vader van het meisje op bezoek. Deze trof hem, bleek en ongelukkig, in bed aan. Het was hem aan te zien dat hij de laatste weken nauwelijks gegeten of geslapen had. De oude heer zei dat hij zijn schaakpartner zou missen en dat hij hem niet had willen laten vertrekken zonder hem, persoonlijk, een goede reis en veel geluk in zijn verder leven toe te wensen. Na een paar wederzijdse beleefdheden stokte het gesprek en toen ontdekte de bezoeker een prentbriefkaart van *De Nachtwacht* op het tafeltje naast het bed...

'Van mijn broer,' zuchtte de droeve minnaar, 'u mag hem gerust lezen.' Oom Salomon was er in zijn familie om berucht dat hij te vaak, te veel en te leerzaam schreef. In zijn klein en sierlijk handschrift gaf hij ook ditmaal een uitvoerig verslag van de 'overstelpende' indruk die de eerste kennismaking met het 'goddelijke' schilderij op hem gemaakt had: 'Let vooral goed op hoe fraai de schaduw geschilderd is die de hand van kapitein Frans Banning Cocq werpt op de goudkleurige tuniek van Willem van Ruytenburch, de Heer van Vlaardingen! Groeten. Salomon.'

De vader van het meisje, verrast en getroffen door het feit dat een jongeman zo dwaas kon zijn om over een dergelijk onderwerp aan zijn broer te schrijven, werkte zich op weg naar huis op tot een van zijn vermaarde driftbuien waar hij trots op was omdat die een familie-eigenschap waren.

Thuis liet hij zijn dochter bij zich komen. Hij sloeg met de vuist op tafel en zei haar dat ze de jongen die ze zo hardnekkig had afgewezen te trouwen had en daarmee basta. Dat de Eeuw van het Kind al was aangebroken deerde de oude despoot niet, hij zou het bestaan ervan trouwens tot zijn laatste ademtocht ontkennen.

Hij dreigde met alle machtsmiddelen die een liefhebbende vader in die dagen niet schroomde vrijelijk te misbruiken. Het meisje stribbelde tegen maar het mocht haar niet baten.

Na een week werd de verloving gevierd en kort daarop het huwelijk, dat niet ongelukkiger zal zijn geweest dan de meeste andere.

Een paar jaar na mijn geboorte brak de Eerste Wereldoorlog uit, de hele familie vluchtte en bloc naar Nederland. Na de oorlog mocht iedereen weer naar huis, behalve wij. Ik kwam er toen pas achter dat mijn hartsvriendin Mili en haar ouders, oom Wally en tante Eva, niet tot onze familie behoorden. Zij hadden altijd in Scheveningen gewoond, dat een uitgestorven indruk maakte nu alle vluchtelingen weer naar hun eigen haardsteden waren teruggekeerd. Behalve wij, daar mijn Duitse vader, die langer in België had geleefd en veel meer om het land gaf dan de rest van de familie, er niet aan gedacht had zich te laten naturaliseren, maar dit begreep ik pas veel later. Ik moest er even aan wennen dat Mili niet een nichtje was, maar het was wel een opluchting dat ik haar grootvader niet met haar deelde. Ik was bang voor hem hoewel hij precies op de gelaarsde kat leek, hij was heel klein van gestalte en droeg een Kaiser Wilhelmsnor. Hoe hij daartoe kwam was een raadsel, want het volstond de naam van die mislukte caesar in zijn tegenwoordigheid te noemen om opa Harry te laten schuimbekken van woede.

'Dat komt door de marken,' zei Mili, alsof ze over een naar soort mazelen sprak.

Mili's ouders verhuisden naar Den Haag en haalden de mijne over dat ook te doen. Het lukte mijn vader niet werk te vinden en hij begon zaken te ondernemen voor eigen rekening. Hij stelde zich daar niet veel van voor en huurde een goedkoop bovenhuis in een van de drukste en lelijkste straten van de stad.

Onze collie kon niet wennen aan het stadsleven. Zodra de huisdeur openging stortte hij zich, van pure ellende, midden in het verkeer. Nadat hij een paar keer aangereden was besloten mijn ouders hem te verkopen. 'Het is voor zijn eigen bestwil,' zeiden ze, 'je wilt toch niet dat hij doodgereden wordt door de tram en dat zal zeker eens gebeuren als we hem houden.' Hij werd gekocht en meegenomen door iemand die in Rijswijk woonde en de volgende dag was hij terug, met een stuk geknaagd touw aan zijn halsband. Zijn nieuwe baas kwam hem halen en voerde hem weg, aan een stevige ijzeren ketting. Na het tweede afscheid, dat veel zwaarder te verduren was dan het vorige, kreeg ik een onredelijke hekel aan de stad. Op school werd ik in het begin geplaagd door mijn medeleerlingen en later genegeerd, wat ik prettig en rustig vond.

Met Mili, die twee klassen lager zat, was het heel anders gesteld. Zij kwam altijd omringd door een zwerm kleine meisjes de school uit, vol opgewonden verhalen over de plezierige dingen die ze beleefd had. Ze zou me misschien, in die tijd, de vriendschap hebben opgezegd als we niet mevrouw Antonius en mevrouw Nielsen waren geweest.

Mevrouw Antonius – Mili – was deftig. Ze had een keurig dochtertje, Louise, en een keurige man die minister was van beroep. Mijn man, Niels Nielsen, was een Zweeds schilder. Die nationaliteit en zijn naam dankte hij aan mijn diepe bewondering voor *Niels Holgerssons wonderbare reis*.

Wij hadden een zoontje, Benjamino, de satan in kindergedaante. Het spel bestond eruit steeds iets nieuws te verzinnen om aan te dikken hoe netjes alles toeging bij de Antoniussen en wat een bende het was bij ons. Mijn Niels deed niet veel anders dan zichzelf en de hele inventaris met verfvlekken besmeuren pal voordat de minister op bezoek kwam, die dan afkeurend het deftige hoofd schudde. De mannen mochten elkaar niet en de snoezige Louise was doodsbang voor Benjamino, zodat de mevrouwen het druk hadden met sussen en verontschuldigen. Dit vervelende spelletje hebben we heel lang volgehouden, op weg naar school en naar huis, elders zwegen we als het graf over onze gezinnen. Mili had korenblonde krullen en grote lichtblauwe ogen net als haar droomdochtertje Louise, maar ze was niet snoezig; ze was op iedere leeftijd wijs voor haar jaren. Haar ouders begrepen al spoedig dat ze een zeldzaam wezen onder hun hoede hadden. Ze lieten haar al heel jong over veel wat haarzelf betrof beslissen, met uitstekend resultaat. Mili leek uiterlijk niet op hen, die beiden donker haar en donkerbruine ogen hadden. Haar moeder was een mooie vrouw, maar wat mij het meest van al in haar aantrok was haar spreekstem, die het zoet kabbelende geluid bezat van een vriendelijk, traag beekje. Het enige ideaal waarnaar tante Eva streefde was het zichzelf en anderen zo gezellig mogelijk te maken. Om het te bereiken overwon ze zelfs haar aangeboren gemakzucht. Overal stonden bloemstukken die ze zelf met veel zorg en smaak schikte, ze maakte de verrukkelijkste bonbons en koekjes en alle kranen in huis werden door haar met strikken versierd. Die in de wc's waren van roze en wit gestreept satijn. Mili's vader was een hoekige, magere man met pientere oogjes en een brede mond. Borstelige wenkbrauwen groeiden boven zijn grote haakneus ineen. Ondanks dit uiterlijk was hij ervan overtuigd onweerstaanbaar te wezen, en terecht, want als hij zich met iemand bezig hield wist hij deze het gevoel te geven een belangrijk en beminnelijk mens te zijn. Hij was niet afwezig of onverschillig, zoals andere grote mensen, wanneer Mili en ik hem onze kleine zorgen toevertrouwden en hij kaartte en kiende met ons of zijn leven ervan afhing. Als iets hem zeer behaagde of tegenstond verrijkte hij onze taal met een nieuw woord dat we, zonder nadere uitleg, moesten verstaan en begrijpen.

Op een zondagmiddag nadat oom Salomon en zijn handlanger weer eens met verbittering herdacht waren ging mijn moeder met mij naar tante Eva toe bij wie ze steeds terechtkon als ze behoefte had haar hart uit te storten. Mili en ik werden naar boven gestuurd zodat onze moeders ongestoord konden praten en huilen. Toen we een uur later beneden mochten komen zaten ze zeer voldaan, met betraande gezichten, thee te drinken. Oom Wally, die een verwoed visser was, ging elke zondagochtend al met zonsopgang de deur uit. We hoorden hem fluitend thuiskomen en naar boven gaan om een ander pak aan te trekken. Even later kwam hij opgewekt de kamer in.

'Zo, malsjes,' begroette hij ons, 'ik heb zin in thee.'

Mili vroeg hem of hij een prettige dag had gehad.

'Het was ursieus,' zei hij, 'in één woord: ursieus. Alles is me meegelopen.'

Mili en ik feliciteerden hem. Hij ging zitten in zijn leunstoel, stak een sigaret op en daarna zag hij de behuilde gezichten van zijn vrouw en haar vriendin. Verstoord vroeg hij waarom ze er als een paar poephadono's bijzaten. Tante Eva vertelde hem dat mijn moeder de volgende dag met mij naar Antwerpen zou vertrekken, dat de kans bestond dat wij nimmer zouden terugkomen omdat mijn moeder ernstig dacht aan een echtscheiding en in ieder geval vastbesloten was zes maanden weg te blijven.

Wally werd boos. 'Wat een snert-apotheose,' zei hij, 'dit nu is duidelijk een geval waarover Wally zichzelf een document zal moeten doen toekomen.'

Mili kleurde tot diep in haar halsje en tante Eva verbleekte. 'O, niet doen, pappie,' vleide Mili en tante Eva vroeg hem ook dringend deze keer van zijn voornemen af te zien; maar zelfs de smeekbeden van die lieve stem deden hem niet van plan veranderen.

Hij gebood Mili op strenge toon, die geen tegenspraak toeliet, papier en postzegels van zijn kamer te halen. 'Je weet waar alles ligt en ik verwacht je onmiddellijk weerom, zonder dubbele bodem of enige nep-haderijso.'

'Ja, pappie,' zei Mili, gedwee en bedroefd als ik haar nooit eerder had gezien. Ik liep mee naar boven en ik vroeg haar mij te vertellen wat er ging gebeuren, maar dat weigerde ze.

'Je zult het wel zien,' zei ze, 'het is iets verschrikkelijks. Hij doet het altijd, mammie en ik worden er soms stapelgek van en hij krijgt altijd gelijk ook.'

Ze legde met een diepe zucht het schrijfgerei op tafel voor haar vader neer. Hij ging zitten, nam een vel papier en begon, terwijl hij zichzelf op luide toon dicteerde, te schrijven.

Document.

Hierbij verklaar ik – wijze Wally – in aanwezigheid van Thea, Eva, Gittel en Mili, schriftelijk, mondeling en plechtig het volgende: Thea beweert zes maanden of langer bij haar familie domicilie te zullen kiezen.

Ik, hierboven genoemde wijze Wally, verklaar, dat zij, voordat zes weken verstreken zijn op haar eigen adres teruggekeerd zal zijn, en blij toe!
wettig getekend,

Wally.

Dit document zal over zes weken in tegenwoordigheid van dezelfde getuigen geopend worden en het gelijk van Wally algemeen, nederig en officieel worden erkend.

w.g. Wally.

De vier getuigen keken en luisterden, als met stomheid geslagen; oom Wally vouwde het document in een envelop, verzegelde en frankeerde die en schreef er zijn kantooradres op. Daarna moesten Mili en ik met hem meelopen naar de brievenbus, naar hij zei om later onder ede te kunnen verklaren dat hij het document werkelijk op die datum gepost had, voor het geval dat er inmiddels nieuw materiaal aan het licht mocht komen. Toen Mili en ik weer boven op haar kamer waren bezwoer ze mij, uit naam van onze oude vriendschap, op school te zwijgen over haar vaders ellendige gewoonte. Ik zei dat ze op me rekenen kon en dat er ook in mijn leven bepaalde zaken waren die ik niet graag aan de openbaarheid prijs zou geven. Dat scheen haar aanmerkelijk te troosten en ze vroeg beleefd of ik het prettig vond om weer naar Antwerpen te gaan. 'Heel naar,' zei ik, we waren er nog maar een maand tevoren geweest en ik moest me op school na zo'n reis doodwerken om de verzuimde lessen in te halen.

II

Er was niemand op het perron om ons af te halen en mijn moeder zei dat ze tevoren geweten had dat het een nee-dag zou worden. Op een nee-dag ging alles mis en ja-dagen kwamen maar uiterst zelden voor.

We zeulden onze koffers naar de uitgang en op de maat van onze voetstappen begon mijn moeder op sombere toon te declameren:

Hark! Hark!
The dogs do bark!
The beggars are coming to town...
some in rags,
and some in tags
and one in a silken gown.

Ze wist dat ik een hekel aan dat versje had, maar ze zou me er niet zo vaak mee geplaagd hebben *als ze de besneeuwde straat had gezien met aan weerskanten de hoge gele huizen waarvan de spitse daken priemden in een laaghangend wolkendek dat rood en paars geverfd was door de ondergaande zon.*

Ieder huis had een voortuin, een vierkant grint met in

het midden een streng perk roze geraniums.

De bewoners waren gewaarschuwd dat de bedelaars zouden komen en voor alle ramen hadden ze de rolluiken neergelaten, maar hun angst siepelde door de kieren in de voortuinen waar de honden op wacht zaten. Bouviers en herdershonden en van die grote witte doggen die eruitzien of ze door een boze reuzenhand met inkt bespetterd zijn. Nu en dan huilde een van de honden die de bedelaars al van verre hoorden aankomen, lang voordat ze de straat vulden met woedend geschreeuw en het geschuifel van stukgelopen voeten. Honderden waren het: sommigen strompelden op krukken of sleepten met een houten been, anderen hadden een zwarte lap voor een lege oogholte. Ze schreeuwden dat ze honger hadden en schudden dreigende vuisten naar de gele huizen maar als een zich op de stoep waagde gromden en blaften de honden. Ze sperden de kwijlende bekken open en lieten hun tanden zien. Machteloos gevangen in honger en lompen moesten de bedelaars verder trekken, ze jouwden en tierden, maar tegen de honden konden ze niet op.

Dan liep opeens de bedelaar in het zijden kleed voorbij. Van abrikooskleurige zij was het, even gescheurd en gehavend als de grauwe vodden van de anderen en veel minder warm... maar het glansde in de stralen van de dalende zon en die glans konden zij die het dichtst bij hem in het zijden kleed liepen niet verdragen, hun eigen lompen leken er nog armzaliger en vuiler door.

Behaarde klauwen maakten eerst de scheuren in de verrotte zijde groter en daarna krabden ze de bleke huid eronder open. Toen hij, die een zijden kleed gedragen had, naakt en stil in de sneeuw lag liepen de anderen kalm en bijna gelukkig verder. De laatsten om de straat te verlaten waren de bedelaars die het slechtst ter been waren, zij hadden er plezier in met hun krukken naar de roerloze gestalte te slaan.

Als het weer stil is in de straat komen de honden de hekken uit...

Mijn moeder en ik zeiden tegen elkaar dat er buiten misschien iemand op ons stond te wachten, maar we wisten wel beter. De enige manier waarop mijn grootmoeder ons kon laten weten dat ze helemaal niet ingenomen was met ons bezoek was door ons niet te laten afhalen, want ze had het zichzelf onmogelijk gemaakt dat ronduit te zeggen.

Op mijn ooms Charlie en Fredie na waren al haar kinderen getrouwd en het zou veel verstandiger en voordeliger zijn geweest als ze een kleinere woning had betrokken, maar ze hield van het grote huis dat aan een van de breedste lanen van de stad gelegen was en ze verzette zich tegen een verhuizing met hand en tand. 'Ik blijf alleen maar in deze ongeriefelijke kast wonen zodat al mijn kinderen en kleinkinderen wanneer ze zin hebben naar huis kunnen komen,' zei ze, en daar zat ze dus aan vast. Als mijn moeder ons bezoek aankondigde moest ze ons welkom heten al ging het helemaal niet van harte. Dat het grote huis lastig te bewonen was met vele en hoge trappen en een keuken in het souterrain, was haar onverschillig, daar had ze Rosalba voor.

We moesten een taxi nemen daar we veel meer bagage dan anders bij ons hadden omdat we deze keer zes maanden zouden wegblijven.

Toen de chauffeur voor het huis stilhield kreunde mijn moeder: 'Ook dat nog!' Op de stoep stond Rosalba te praten met oma Hofer. De chauffeur laadde onze koffers uit en tot onze opluchting grabbelde Rosalba in de zak van haar schort en betaalde hem. Ze leek nog kleiner en tengerder dan gewoonlijk naast oma Hofer, een formidabele vrouw die in postuur en kleding veel weg had van een dure begrafeniskoetsier. In onze familie werd beweerd dat haar tong van schuurpapier was.

Rosalba zoende ons en oma Hofer zei: 'Wel, wel, daar heb je die twee alweer, ik dacht dat jullie nog maar net naar huis waren.' Mijn moeder vroeg, gedwee, hoe het in de gezinnen van haar twee zusters ging, die beide schoondochters van oma Hofer waren. 'Goddank veel herrie,' antwoordde oma Hofer, 'iedereen is dus gezond.'

Ze greep mij bij de kin, draaide mijn gezicht naar het licht en verklaarde dat ik op mijn vader leek als de ene druppel water op de andere. Rosalba zei dat ik dan op een heel goede man leek.

'Ach wat een goeie man,' smaalde oma Hofer. 'Eet geen glas. Drinkt geen inkt en gooit de tram niet omver. Armoede is geen schande maar een eer is het ook niet.' Daarop gaf ze Rosalba zo'n ferme tik op de rug dat deze bijna omviel en zonder ons een groet waardig te keuren liep ze de straat uit als een grenadier.

Hoe en waar Rosalba in mijn moeders wilde familie

terechtkwam is niet bekend. Gedurende haar leven aanvaardde ieder van ons haar bescheiden aanwezigheid en haar goede zorgen als vanzelfsprekend. Ze hoorde bij de inventaris, zonder meer. Ze was protestant en Engelse. Ze leerde er geen andere taal bij en hoe ze zich verstaanbaar wist te maken in de verre landen waarheen ze mijn grootmoeder volgde om voor de huishouding te zorgen, is een van de vele raadsels rondom haar kleine figuur. Over haar eigen geloof zweeg ze en haar kerk bezocht ze niet meer. Ze waakte echter streng over ons zielenheil. In geen keuken waar een jodin regeerde zullen de spijswetten nauwkeuriger zijn nageleefd dan in die waarin Rosalba zo voortreffelijk en super-koosjer kookte.

Iedere dag werd een komedie opgevoerd die Rosalba moest laten geloven dat we niet wisten dat ze analfabete was. Met een flinke knipoog naar alle aanwezigen bedacht grootmoeder steeds een ander excuus om haar de krant te kunnen voorlezen en als er met Kerstmis een brief uit Engeland van haar enige broer kwam werd die door een van ons beantwoord omdat Rosalba toevallig net haar bril gebroken had.

Ze was lang niet dom maar geen van ons heeft ooit getracht haar de kunst van het lezen bij te brengen, we voelden dat mijn grootmoeder dat niet zou hebben aangemoedigd.

Terwijl we het huis in gingen vertelde Rosalba dat grootmoeder en oma Hofer weer eens op voet van oorlog stonden. De twee vrouwen voerden een verbeten strijd om de eerste plaats te bezetten in de hartjes van het half dozijn kleinkinderen waarin ze gelijke aandelen hadden. Grootmoeder zat in haar leunstoel bij het raam te handwerken, ze was klein en gezet en had altijd japonnen van zware zwarte zijde aan, versierd met hagelwitte kanten jabots, zoals wijlen koningin Victoria ze droeg. Ze vond dat haar leven met dat van de vorstin op vele punten overeenkwam. Zij sprak graag over zichzelf als de schoonmoeder van Europa en ze was ook jong weduwe geworden. Ze droeg haar weduwenstaat moedig – om niet te zeggen blijmoedig. Ze had felle donkere ogen en de huid van haar rond gezichtje was rimpelloos en donzig als die van een jong meisje; een feit waarop ze trots was en graag de aandacht op vestigde.

Rosalba bracht koffie en gebak binnen en mijn moeder wist met zoveel talent geen stuk aan oma Hofer heel te laten, dat onze gastvrouw-tegen-wil-en-dank haar ontstemming over ons bezoek vergat.

De afleidingsmanoeuvre, subtiel door Rosalba aangegeven, was schitterend gelukt.

'Echt gezellig, dat jullie er weer zijn,' zei grootmoeder, en daarna werden de laatste familienieuwtjes omstandig behandeld.

'Hoe gaat het nu met Isi en Sonja?' vroeg mijn moeder, lachend.

'Ga jij maar in de tuin spelen,' zei Rosalba tegen mij; dat moest ik altijd als er over het zwarte schaap van de familie, de man van mijn jongste tante, gesproken werd. Hij vatte de echtelijke trouw niet al te zwaar op en wanneer hij daarover verwijten te horen kreeg, antwoordde hij onverstoorbaar: 'Al bezit de mens de fraaiste Rembrandt ter wereld dan wil hij toch nog weleens een ander schilderij bekijken,' of: 'Omdat de mens één vrouw bemint, behoeft hij alle anderen nog niet te haten,' en daar kon de lastigste bemoeial weinig tegen inbrengen.

Ik liep gelaten de trap af naar het souterrain en de donkere gang door, die toegang gaf tot de tuin, een driehoekig nietig lapje grond aan alle kanten begrensd door hoge muren. Geen straaltje zonlicht kon er zijn weg heen vinden en al wat erin geplant werd stierf meteen behalve twee onverwoestbare hulstbomen, die, telkens als ik ze terugzag, groter en stekeliger geworden waren. Ook de huizen van mijn tantes hadden kleine tuinen en Mili woonde met haar ouders, net als wij, op een bovenhuis. *Daarom was het maar goed dat ik een tuin had achter mijn huis op het eiland; daar bloeiden rozen en vergeet-mij-nieten het hele jaar door. Voor ik er ging wonen kocht ik Rollo, de collie, terug en iedere morgen ging ik met hem langs het strand wandelen. Behalve Blimbo en Juana, een neger-echtpaar dat voor het huis en de tuin zorgde, woonde er niemand anders op het eiland. Mili mocht wel eens komen logeren. Mijn ouders ook, maar niet samen want dat gezeur over Banning Cocq wilde ik op het eiland niet aanhoren. Fritz Kreisler en zijn begeleider waren eens per jaar zeer welkom en verder werd er geen mens toegelaten die niet uitdrukkelijk was uitgenodigd. Blimbo zat hoog boven in de vuurtoren en meldde mij van daaruit de aan-*

komst van brutale onverlaten die toch wilden binnendringen. Soms, als het heel helder weer was, zocht ik Blimbo in zijn achthoekige torenkamer op. Hij lachte dan een brede witte halve maan in zijn donker gezicht en leende me zijn verrekijker. Ik kon de stad op het vasteland en de bergen daarachter heel duidelijk onderscheiden maar ik ging er haast nooit heen, ik was veel te blij op het eiland te zijn. Voor ik de torenkamer verliet keek ik altijd even naar de hoek waar de ronde, groene stenen lagen, om na te gaan of Blimbo de voorraad wel op peil hield. Rollo rende op het strand telkens een heel eind voor mij uit maar hij kwam steeds weer terug, met korte blafjes, om over zijn kop geaaid te worden. Ik kreeg honger en ik zei tegen hem dat we weer naar huis moesten. De zee zag er aanlokkelijk uit: het was wel wat vroeg in het jaar om te zwemmen, maar ik zou het er 's middags misschien toch op wagen.

Nauwelijks waren we in huis of de telefoon rinkelde. Dat kon alleen Blimbo zijn en dat betekende onraad.

'Wat is er, Blimbo?'

'De boot van het vasteland is in de haven, Missy, u verwacht toch geen gasten vandaag?'

'Nee, Blimbo. Misschien is het een postpakket.'

'Dat geloof ik niet, Missy. Pedro, die ons anders de post brengt, is niet op de boot en er komt maar één dame aan wal.'

'Vraag hoe ze heet en wat ze wil.'

Ik moest even aan het toestel wachten, ik hoorde in de verte Blimbo's zachte stem praten. Hij nam de haak weer op: 'Bent u daar nog, Missy?'

'Ja, natuurlijk, Blimbo. Wie is de ongewenste gast?'

'Ze zegt dat ze oma Hofer is, dat u haar goed kent en dat ze bij u op bezoek wil komen.'

'Steen, Blimbo.'

Blimbo mikte raak, daar was hij op gehuurd.

Oom Isi moet het nodige op zijn kerfstok hebben gehad want ik werd niet weer naar boven geroepen. Na een halfuur werd het te koud in de tuin en ik ging de twee dienstmeisjes begroeten die met oorverdovend gezang aan het koperpoetsen waren. Ik galmde uit volle borst de refreinen mee. Er was iets in de atmosfeer van het huis dat op lawaai-instincten werkte. Mijn ooms hadden elk een grammofoon die ze gelijktijdig op volle kracht tegen elkaar lieten opbieden en als er kinderen op bezoek kwamen begonnen ze al luidkeels te jengelen bij de voordeur. De radio was haar beschavingswerk nog niet begonnen, anders zou het geraas niet te harden zijn geweest.

Een van de beproevingen van de logeerpartij was, dat ik geacht werd het prettig te vinden me met mijn veel jongere neefjes en nichtjes bezig te houden op de middagen dat hun kinderjuffrouwen vrij waren. Mijn tantes vertrouwden hun kroost aan mij toe terwijl ze zelf naar de bioscoop gingen en spraken, vals, de hoop uit dat we heerlijk met elkaar zouden spelen. Blimbo had het druk op die dagen, want het spel bestond er voor mij uit te zorgen dat het grut niet van de trappen viel. Rosalba verstopte zich, zeer begrijpelijk, op haar kamer, tot het theetijd was.

Een andere beproeving onderging ik iedere vrijdagavond. De ooms brachten dan een sjnorrer mee uit sjoel die aan tafel steeds tussen Rosalba en mij werd geplaatst. Ik leed in stilte van het geslobber en gekluif want de tafelmanieren van de sjnorrers waren primitief, maar ik wist dat mijn grootmoeder mij een ongezouten standje zou geven als ik me daarover beklaagde. Door de week hadden we dikwijls een vaste 'griner'. De griners (de Jiddische uitspraak van grüner) waren geen sjnorrers maar jonge mannen uit Polen en omstreken die naar Antwerpen trokken om daar het diamantslijpersvak te leren. Zodra ze het onder de knie hadden en er iets mee begonnen te verdienen, wilden ze niet meer in aanmerking komen voor gratis maaltijden; dan nam een nieuw aangekomen griner de plaats van de vorige in. Ze waren daarin van een voorbeeldige eerlijkheid en solidariteit. Het waren stille schuwe jongens, die niet anders dan Pools en een, voor ons onverstaanbaar, Jiddisch spraken. Ze schrokten zoveel ze konden en verdwenen zodra de maaltijd afgelopen was, met een korte groet, even stil en schuw als ze waren binnengekomen. Onder de beroepssjnorrers waren kleurrijke figuren, want een sjnorrer die het serieus met zijn vak meende, was ervan overtuigd, dat hij een belangrijke, de Heere welgevallige, sociale functie bekleedde. 'Stelde hij zijn medemens niet in staat een weldaad te bedrijven die ten gunste van de weldoener door de daartoe aangestelde engel werd genoteerd?'

'Was dat niet van veel hogere waarde dan een paar

happen eten of een handvol munten?'

'Wie was dus in feite de eigenlijke weldoener?'

Deze hoge opvatting die ze ten aanzien van hun taak huldigden maakte de omgang met de sjnorrers gemakkelijk en vrij van de gehuichelde deemoed en dankbaarheid die de verhouding bedeelde-bedelaar vaak vertroebelen.

De sjnorrer-van-beroep had meestal een hebreeuws schrijven – al dan niet vervalst – bij zich van een rabbijn die steun zocht voor een noodlijdende gemeente of jesjiva in Polen. Daarmee ging hij naar een reeds in Antwerpen gevestigde collega, die hem op percentage-basis een lijst verschafte van de beter gesitueerden der Joodse Gemeente. Behalve de sjnorrers wist niemand welke 'Antwerpenaar' zo goed op de hoogte was. Er waren veel verhalen over hen in omloop die onderling weinig verschilden. Ieder weldadig gezin had een eigen variant over de gotspe van de sjnorrer en de goedmoedigheid waarmee die aanvaard werd. Eén keer heb ik een grootmeester in het vak mogen ontmoeten.

Hij kwam vroeg op een winterse vrijdagmiddag binnenwandelen. Hij droeg een lange zwartzijden kaftan en had een dure bontmuts koket schuin op zijn rode haren gedrukt; een stekelige ringbaard omlijstte zijn breed blozend gezicht. Hij was de vrolijkheid zelve en hield ons aangenaam bezig door een uur lang liedjes te zingen. Hij vertelde eerst de inhoud van de liedjes omdat we zijn Jiddisch niet zo best verstonden, hij sprak heel goed Duits. Om vier uur keek hij op de klok.

'Vier uur,' zei hij, 'ik heb nog net tijd om voor we naar sjoel gaan, een cliënt af te handelen.'

Hij haalde de beruchte lijst uit zijn zak.

'Zoek er eentje voor me uit, die niet te veraf woont,' zei hij joviaal tegen Charlie, die net binnenkwam, 'en breng me er dan even heen.' Charlie vertelde later dat de olijkerd luid zingend met hem over straat was gegaan, een flinke sigaar had gekocht die hij opstak en met zichtbaar welbehagen rookte. Charlie had het nodig geoordeeld hem erop te wijzen, dat deze manier van optreden geen goede indruk zou maken op de cliënt van wie hij geld hoopte los te krijgen.

'Zo'n snotaap wil mij m'n vak leren,' lachte de roodharige, en Charlie bezwoer ons dat, nadat bij de cliënt de deur was opengegaan, de sjnorrer krijtwit, snikkend, luid en overtuigend ach en wee roepend, de drempel had overschreden.

Hij kwam, indien mogelijk, nog opgewekter bij ons terug dan hij vertrokken was. Op mijn grootmoeders vraag of alles naar wens was gegaan, antwoordde hij, 'ik hoef niet ontevreden te zijn.'

Aan tafel was hij een allergenoeglijkste gast, al kon de maaltijd niet zijn algehele goedkeuring wegdragen.

'Waar blijft de vis?' vroeg hij, toen na de soep een vleesgerecht opgediend werd. Grootmoeder verontschuldigde zich door te zeggen dat vis eten bij ons, in de lage landen, op vrijdagavond niet gebruikelijk was. 'Schon gut, schon gut,' zei de sjnorrer goedmoedig, 'maar u weet niet wat u mist.'

Hij vertelde de ene mop na de andere en een ervan heb ik onthouden, omdat niemand me wilde uitleggen wat er zo grappig aan was.

'Op een goeie dag,' vertelde de roodharige sjnorrer, 'kom ik net nog op tijd voor sjabbes aan in een kleine stad. Het was in de winter, een dikke vacht sneeuw lag op de weg en alle huizen hadden witte keppels op. Na enige moeite vond ik de weg naar sjoel. Ik was koud en hongerig. Na de dienst vroeg ik de sjammes of hij soms een huis wist waar ik kon eten.

"Je treft het," zegt de sjammes, "je kunt bij de rebbe eten."

"De rebbe," zeg ik verschrikt, want we weten allemaal dat onze rabbonim (God zal ze allemaal gezond laten en tot honderdtwintig jaar zullen ze leven), het niet breed hebben. Bij hen krijgt men niet zo'n maaltijd opgediend als ik hier vanavond genoten heb (al was er dan geen vis bij). De sjammes begreep mij. "Onze rebbe is een rijk man," zei hij, "je zult bij hem een zeer goed maal krijgen. Je zult best tevreden zijn," en hij vertelde me waar ik heen moest gaan.

Ik kwam aan bij het huis, een groot wit huis, en klopte op de deur. Na korte tijd wordt er opengedaan door een vrouw. Ach, wat een vrouw!' De roodharige hief handen en ogen ten hemel.

'Een schoonheid, een engel uit de hemel! Ik stamelde een verontschuldiging, want ik dacht dat ik aan de verkeerde deur geklopt had, maar de schone vrouw lachte me vriendelijk toe; ach wat een lach! Die kuiltjes in haar roze wangen toverde en tanden als parels ontblootte.

Ze zei me binnen te treden en vertelde dat ze de rebbetsin was.

Onze rebbetsins zijn goede, brave vrouwen. Soms zijn ze nog heel verstandig ook. Mooi hoeven ze niet te wezen en dat zijn ze dan ook meestal niet. (God zegen ze.) Een rebbetsin zoals deze was had ik nog nooit gezien.

Ik loop achter haar aan de eetkamer in, een grote kamer waar een rijk gedekte tafel stond.

Daar zat de rebbe. Voornaam als een koning, in een stoel gelijk een troon, vol zijden kussens. Hij begroette mij ernstig, doch vriendelijk en wees me waar ik kon gaan zitten. De schone vrouw stak de kaarsen aan in de grote blinkende kandelaar en het licht van de vlammetjes weerkaatste zo zacht in haar grote donkere ogen, dat zelfs ik er een ogenblik stil van werd.

Ze bracht zelf de soep binnen in een zilveren schaal. Zoals het behoort bediende ze haar man het eerst. De rebbe proefde aan de soep, schudde zijn hoofd, nam in één hand de zoutpot, in de andere de peperpot en strooide grote hoeveelheden uit beide in zijn soepbord. De schrik sloeg mij weer om het hart. Ze is ook veel te mooi om goed te kunnen koken, dacht ik, en toen ze mijn soep opschepte, nam ik er een heel klein beetje van op mijn lepel, en ik proefde... heel voorzichtig... Het was een uitnemende soep, een hemelse soep. Ik at mijn bord met smaak leeg en ik weigerde niet toen de rebbetsin mij aanbood het weer vol te lepelen. Ze bracht de vis binnen. Karper met rozijnen, mijn lievelingsspijs. (Een maaltijd zonder karper en rozijnen *is* geen maaltijd, zeg ik altijd.) Opnieuw proefde de rebbe, schudde zijn hoofd en smeet handenvol peper en zout over die edele karper. Zonde en jammer was het maar. Op het lieve, rustige gezicht tegenover mij kon ik geen spoortje verwondering ontdekken. Het scheen een gewoonte van de rebbe te zijn en hij ging ermee door tot en met de 'Kugel' toe. Ook daarover strooide hij peper en zout.

Na het dankgebed hield ik het niet meer uit.

"Rebbe," zeg ik tot hem, die in diepzinnig gepeins voor zich zat uit te staren, "rebbe, mag ik u iets vragen?"

"Zeker mijn zoon," zegt hij, "vraag wat je te vragen hebt."

"Rebbe," zeg ik, "rebbe, alles was zo lekker vanavond, waarom hebt u dat kostelijke eten bedorven door er zoveel peper en zout over te gooien?"

"Ik dacht wel dat je dat vragen zou," zuchtte de rebbe, "dat vragen ze me allemaal. Ik zal trachten het je uit te leggen. Luister. Volgens de boeken moet er aan alle zaken hier op aarde iets te wensen overblijven. Ik tracht volgens de leer te leven. Wanneer ik eten krijg opgediend dat helemaal naar mijn zin is, dan vind ik het nodig daaraan iets toe te voegen waardoor de spijs voor mij wat minder smakelijk wordt, omdat niets hier op aarde volmaakt mag zijn. Kun je dat begrijpen?"

"Ja, rebbe," zei ik, "ik begrijp het en ik dank u dat

u mij dat zo duidelijk hebt willen uitleggen en mag ik u nu nog wat vragen?" "Zeker," zegt de rebbe. "Vraag maar mijn zoon."

"Hoeveel zout en peper hebt u wel nodig om over uw vrouw te gooien?"'

Hoewel de grap me ontging, had ik er toch veel plezier aan omdat onze minstreel die zo knap voordroeg. Hij kon naar willekeur van gelaatskleur veranderen. Wanneer hij de rebbe sprekend invoerde, werd hij zichtbaar bleker, zijn ogen kregen een peinzende ernstige uitdrukking en zelfs zijn handen schenen smaller en langer te worden, en als hij over de rebbetsin sprak, zagen we in hem de betoverende jonge vrouw, ondanks zijn stekelige ringbaard.

Voor hij vertrok bedankte mijn grootmoeder hem, namens ons allen, voor zijn aangename gezelschap en zijn schoon gezang.

Een weemoedig lachje verscheen op zijn plotseling weer ernstig en bleek gezicht.

'Ik ben blij en dankbaar als ik u met mijn liedjes en grapjes heb vermaakt en ik zal u ook vertellen waarom. Ik ben maar een arme zondaar, die dikwijls afwijkt van het goede pad. Soms, in de nacht, als ik niet slapen kan (want ik slaap iedere nacht in een ander bed), vraag ik mij af, hoe het later met me gaan zal en wat er me te wachten staat nadat de Engel des Doods me heeft gehaald.

Eens sprak ik hierover met een wijs man.

"Wees maar niet bezorgd," zei hij, "een zingende zot zoals jij er een bent komt altijd wel goed terecht, ook in de toekomstige wereld. De rechtvaardigen zullen, uit eigenbelang, je vele zonden licht moeten tellen, omdat het daarginds al even vervelend zou zijn als hier beneden, zonder de zangers, de narren en de dichters."'

III

Lucie vertelde later, dat ze alleen om met mij kennis te maken naar de synagoge gekomen was, die zaterdagochtend. Ze kwam er anders niet en haar onverwacht verschijnen had enige deining veroorzaakt, hoewel ze stilletjes op de laatste rij banken was gaan zitten om niet op te vallen.

Wanneer ik bij grootmoeder logeerde moest ik iedere week met haar mee naar sjoel. Hebreeuws werd toen nog niet algemeen als een levende taal onderwezen en daardoor kon ik, hoewel ik het wel had leren lezen, de dienst niet volgen; ik raakte meteen het spoor bijster en keek tersluiks naar mijn grootmoeder, als zij een blad omsloeg in haar gebedenboek deed ik dat ook maar in het mijne. Dat ik de dienst eindeloos lang vond zou ik niemand hebben durven bekennen, mezelf het laatst van al want ik was zeer vroom.

Daar de geslachten streng gescheiden van elkaar gehouden worden bij onze eredienst, beklommen wij een hoge trap naar de vrouwensjoel om achter een hekwerk plaats te nemen, dat ons moest beschermen tegen eventueel begerige blikken van de mannen die beneden ons zaten. Wanneer ik het uiterlijk schoon dat zich in onze afdeling bevond weer voor de geest haal, geloof ik, dat het ook zonder hek met die begerige blikken nogal zou zijn meegevallen.

Na enige tijd moest ik allerlei middelen te baat nemen om niet in slaap te vallen. Eerst zocht ik door de spijlen van het hek mijn ooms en andere mannen die ik kende op in de banken van de mannensjoel. Ze hadden stemmige, donkere pakken aan, en zwart-met-witte gebedsdoeken om de schouders geslagen. Ze droegen keppels op het hoofd of het soort zwarte gleufhoeden, dat later de gunst en de naam van een Engels minister verwierf.

Wanneer ik de mannen uit en te na had bekeken, ging ik de ruitjes in ons hekwerk tellen en daarna het aantal pruikdragenden onder mijn medekerkgangsters. Er waren er nog vrij veel die onder hun pompeuze sjabbeshoeden de verplichte 'bandeau' der gehuwde jodin vertoonden. Die van mijn grootmoeder moet voor de andere vrome vrouwen een bron van ergernis zijn geweest, omdat ze daarmee zo handig de vroomheid aan de ijdelheid wist dienstbaar te maken. Ze liet de hare in Parijs vervaardigen door een vermaard pruikenkunstenaar; van zijdeachtig bronskleurig haar vol krulletjes en golven, versierd met vrolijk glinsterende kammetjes en spelden.

Onder de lage zoldering rook het naar oude vrouwen, lavendelwater en honger, omdat de dienst op een nuchtere maag moest worden ingenomen. Deze keer was ik nog draaieriger dan gewoonlijk van de benauwde lucht, want ik was twaalf jaar geworden, de leeftijd waarop een jodin rijp wordt geacht deel te kunnen nemen aan de verplichtingen die haar geloof haar oplegt en Rosalba had mij voor het eerst het 'kinderhapje' onthouden.

'Dat mag je nu niet meer hebben,' zei ze, als steeds strenger in de leer dan mijn grootmoeder, die mij wel oogluikend zou hebben toegestaan de paar stukken cake op te peuzelen, al was ik een volwassen vrouw geworden. Ondanks de angst dat Onze Lieve Heer mij met zijn bliksems zou treffen als Hij het merkte, ben ik die morgen toch in slaap gesukkeld. Ik schrok wakker toen de dienst afgelopen was door het drukke gepraat van de andere vrouwen die ook blij waren dat ze niet meer hoefden stil te zitten.

Oma Hofer wrong met een koel knikje langs ons heen en de tantes kwamen grootmoeder halen om naar buiten te gaan.

We liepen dan met z'n allen naar grootmoeders huis waar Rosalba inmiddels voor een stevig ontbijt gezorgd had. Maar deze keer ging alles een beetje anders dan gewoonlijk want bij de uitgang kwam juffrouw Lucie Mardell op mij af, wat een heftige beroering teweegbracht in de vrouwelijke gelederen van mijn familie. Juffrouw Mardell was veel deftiger dan wij waren, dat wil zeggen: dan mijn moeders familie was. Die van mijn vader hoorde, volgens hem, tot de oudste adel.

Opvattingen over de deftigheid liepen in onze gemeente nogal uiteen. Elke kliek had een andere waarop ze kon smalen. De joden die uit Duitsland kwamen smaakten dat genoegen ten opzichte van de Polen, terwijl die zich weer ver boven de 'Ollanders' verheven achtten, die op hun beurt de rest een zootje vonden, zodat iedereen tevreden kon zijn. De 'echte Belgen' die al een generatie of langer in de stad gevestigd waren, keurden geen sterveling uit een andere groep een blik waardig, behalve een aantal Fijne Mensen die, ongeacht hun afkomst, algemeen geëerd en gewaardeerd werden. Hoe ze het tot die staat gebracht hadden was, meestal, niet te begrijpen, met geleerdheid of materiële welstand had het niets uit te staan. Hadden ze de betiteling echter eenmaal te pakken, dan trokken de gelukkigen trotse gezichten, waarop duidelijk voor ingewijden te lezen viel: 'Ik ben een erkend Fijn Mens en voor mij gelden de algemene vooroordelen niet.'

Lucies vader was beslist geen Fijn Mens, hij was nors en ongenaakbaar. Behalve mijn vader, die in de gulden dagen voor zijn huwelijk bevriend was geweest met meneer Mardell, had geen van mijn familieleden meer van zijn huis te zien gekregen dan de benedenverdieping waar zijn kantoor gevestigd was. Lucie en haar vader waren zo deftig, dat ze met niemand uit onze gemeente omgingen en nu, geheel onverwacht, sprak ze mij aan. 'Ben jij het meisje dat zo mooi piano speelt?' vroeg ze, met in de grote lichtgrijze ogen en om de smalle lippen het spottende lachje, dat ik zou leren liefhebben en vrezen. Ze had een donkergroene mantel aan en droeg een klein grijs bontmutsje op haar lichtbruine haren. Ik was een snob zoals de meeste kinderen. Ik genoot van de nauwverholen afgunst en nieuwsgierigheid van mijn grootmoeder en de tantes. Lucie legde haar hand op mijn schouder en dreef mij voor zich uit de straat op. Grootmoeder was zichtbaar in tweestrijd. Hoewel gevleid door de belangstelling van de hoogste in den lande, was ze ontstemd dat die alleen mij gold.

'Luister,' zei Lucie zacht. 'Heb je daar,' met een fier knikje in de richting van de mijnen, 'een goed instrument?' 'Niet zo best, juffrouw,' zei ik, naar waarheid want de hele familie had op dat ongelukkige piano'tje leren spelen en dat het daardoor chronisch ontstemd was geraakt, was begrijpelijk.

'Ik zal vragen of je bij ons mag komen spelen, wij hebben een heel goeie Steinway,' zei Lucie. Ze was opeens heel beleefd en beminnelijk tegen iedereen en in een oogwenk verkreeg ze van mijn verblufte grootmoeder de verlangde toestemming.

'Ik wil niet dat ze alleen over straat gaat,' was een laatste, zwakke poging tot verzet.

'Ik stuur mijn huishoudster wel, of ik kom zelf om haar te halen,' zei Lucie. Ze knikte minzaam tegen alle boze gezichten en tegen mij zei ze: 'Tot maandag, tien uur!' Op weg naar huis kwam de opgekropte ergernis los.

'Wat een gotspe!'

'Wat verbeeldt ze zich wel!'

'Je had het nooit moeten toestaan, mama.'

'De rest van ons niet bekijken, en Gittel naar haar toe om piano te spelen en Gittel vindt het niet eens prettig om te gaan, hè, kind? Bij dat vervelende mens.'

'Het kan me niet schelen hoe vervelend ze is, als de vleugel maar goed is,' zei ik.

Op maandagmorgen werd ik extra opgepoetst en ter wille van de familie-eer kreeg ik een nieuwe witte strik in mijn haar. Op het afgesproken uur kwam Lucie me halen. 'Ik zal goed op haar passen,' glimlachte ze allerliefst tegen grootmoeder, maar toen we op straat waren zei ze: 'Oef, ik dacht dat ze je op het laatste ogenblik nog verbieden zou mee te gaan.'

Het huis van de Mardells, het mooiste van de laan, lag schuin tegenover dat van mijn grootmoeder, tot mijn verwondering gingen we er niet meteen heen. 'We moeten het programma van de plechtigheid bespreken,' zei Lucie, gemaakt ernstig. 'Je zult het wel vervelend vinden maar je wordt, om te beginnen, aan iedereen in huis voorgesteld, dat kan niet anders bij je eerste bezoek.' Ze gaf een rukje aan mijn strik. 'Zeg maar eerlijk: je vindt het vervelend, hè?'

Ik knikte en ik geloof dat ik haar toen begon te aanbidden.

'Mijn vader wil je zien omdat hij jouw vader goed kent, maar dat zal niet lang duren want hij heeft het altijd druk en is zwijgzaam van aard. Van Bertha ben je niet zo gauw af. Bertha is een ouwe getrouwe, zoals Rosalba bij jullie.' Lucies moeder was heel jong gestorven en Bertha beschouwde Lucie als haar eigen kind. 'En dat is weleens heel vervelend, want ze zeurt me aan mijn hoofd om te trouwen en daar heb ik hoegenaamd geen zin in.' Dan zou ik nog worden voorgesteld aan Salvinia Natans, Menie Oberberg en Gabriel, die alle drie op het bankierskantoor werkten. 'Salvinia en Menie zijn net verloofd, goddank, we hebben het allemaal zwaar te verduren gehad voor het zover was.'

Salvinia en Menie hadden drie jaar op het kantoor gewerkt en al die tijd waren ze zwaar verliefd op elkaar geweest zonder er een woord over te durven zeggen, maar Salvinia begon om de haverklap flauw te vallen en Menie was zo spookachtig mager geworden dat het Lucies vader was gaan vervelen. Salvinia had hij toen zelf namens Menie, zonder hem vooraf te raadplegen, om haar hand gevraagd, haar verrukt jawoord daarna aan deze doorgegeven en sindsdien straalden beiden van geluk.

'En Gabriel?'

'O, Gabriel is de jongste bediende,' zei Lucie onverschillig. 'Als je je plicht hebt gedaan en netjes met alle mensen hebt kennis gemaakt moet je eerst wat voor mij spelen, daarna krijg je een kop chocola en dan zal ik je met rust laten, als je dat liever hebt. Anders blijf ik met een handwerkje bij je zitten, ik kan heel stil zijn.' Ik kende dat zogenaamde stil zijn uit ervaring en ik zei zo beleefd als ik kon, dat ze natuurlijk voor mij niet hoefde weg te gaan. Lucie, de slimmerd, had me meteen door. 'Je gelooft het niet, hè,' lachte ze, 'van dat stilzitten, maar je zult het zien.'

We staken nu over en even later stonden we voor de hoge witte deur van het grote huis. Een dikke blonde vrouw in een wit mouwschort gekleed liet ons binnen, zoende mij op beide wangen en begon aan een lang verhaal over 'mijnheer uw papa', die ze heel aardig scheen te vinden. Lucie gaf me een knipoog en zei: 'Bertha, vertel de rest maar een andere keer want mijn vader wacht op ons.'

Ze klopte op een deur waarin een loket was aangebracht en ik ging achter haar aan een kamer in waar twee mannen en een vrouw aan schrijftafels ijverig aan de gang waren, voor zover ik kon opmaken, met eindeloze optelsommen. Salvinia, kort, dik en donker, had een bril en geen hals. Met haar blik op Menie gericht, hurkte ze naast me neer en sloeg haar armen om mij heen. Menie werd zo vertederd door dat moederlijk gedoe dat hij zijn bril ervan moest afvegen en daarna zijn ongeveer kaal hoofd. Salvinia zei dat ze hoopte dat ze zes dochters zou krijgen en ook van haar had ik een zoen te verduren. Daarna schudde ik Menies klamme hand en toen pas kreeg ik Gabriel goed te zien. De engel Gabriel in een versleten zwart pak met morsmouwen.

Zijn donkerblauwe ogen lachten me vriendelijk toe uit een zo zeldzaam innemend gezicht dat ik hem met open mond aanstaarde. Zijn koperkleurige haren glansden alsof er op hem een, voor gewone stervelingen onzichtbaar, zonnetje scheen. Een lok viel slordig over een hoog, blank voorhoofd op een van zijn donkere wenkbrauwen. De inktvlekken die zijn vingers ontsierden konden geen afbreuk doen aan de edele vorm van zijn lange handen.

‘Zal ik meneer zeggen dat u er bent, juffrouw Mardell, hij is, meen ik, op het ogenblik vrij.’

‘Graag, Gabriel,’ knikte Lucie, en pas nadat hij de kamer verlaten had zag ik hoe grauw en onaantrekkelijk die was met verveloos houtwerk en donker behang, de enige versiering was een grote kantoorkalender vol gekrabbeld met allerlei onleesbaars. Gabriel kwam weer binnen en hield de deur beleefd voor ons open. Hij was lang en mager, bijna een hoofd groter dan Lucie, die ik, toen nog, te lang vond voor een vrouw. ‘Ik kan nooit zomaar bij mijn vader binnenstappen,’ legde ze me in de gang uit, ‘hij heeft dikwijls heel gewichtige personen bij zich voor besprekingen.’ Ze klopte op een deur die van gestolde honing leek te zijn gemaakt en nadat een vriendelijke stem ‘kom maar binnen’ riep, zag ik voor het eerst meneer Mardells kamer, die ik heel vreemd vond omdat er geen meubels in stonden behalve een schrijftafel en drie stoelen. De wanden waren tot op een derde van de hoogte met boekenrekken bedekt en daarboven hingen ze vol schilderijen. Achter de schrijftafel die van dezelfde eigenaardige houtsoort was als de deur, zat Lucies vader, een lange elegante man met lichtbruin, aan de slapen grijzend haar en een van die neutrale gezichten waarvan gojim zeggen, dat het er helemaal niet joods uitziet.

Hij stond op toen we binnenkwamen en zei ernstig: ‘Zo, daar hebben we dus de kunstenares. Hoe maakt uw vader het?’

Deze vraag stelde hij mij iedere keer dat ik hem ontmoette. Voor hem bestonden mijn moeder en haar familie niet. Ik antwoordde, dat het mijn vader goed ging, dank u wel, en vroeg of ik de schilderijen mocht bekijken.

'Zeker, graag; en daarna moet u me zeggen wat u ervan denkt.'

Meneer Mardell zou me steeds behandelen alsof ik een eind in de zestig was.

Hier waren geen schilderijen zoals er bij grootmoeder hingen. Deze vond ik heel raar, vooral een waarop een paarse dame stond afgebeeld met een slordige groene buik. Van de meeste andere kon ik helemaal niet uitmaken wat ze voorstelden, dat was minder erg. 'Wel,' zei meneer Mardell, nadat ik ze allemaal had bekeken, 'laat mij uw mening horen.'

'Mijn vader zegt dat u weet wat mooi is, lang voordat andere mensen het weten,' zei ik, 'dus deze schilderijen zullen zeker wel eens mooi worden.'

'Maar u ziet het er nu nog niet van af?' vroeg hij. Nee, dat zag ik niet en ik vond het flauw om te doen alsof. 'Is er geen enkel doek dat uw goedkeuring kan wegdragen?' Ik wees op een schilderij van een laag wit huis aan een sloot, omgeven door bomen, geschilderd op een mistige middag in de herfst. Een enkele felle veeg oranje was een lichtend spoor van de weg waarlangs de zon onder gegaan was. 'Dat oktoberhuis.'

Lucie lachte: 'Malle meid, waarom: oktoberhuis?'

'Het is oktober,' zei ik eigenwijs, 'je kunt ruiken dat ze die middag bladeren in de tuin verbrand hebben,' en meneer Mardell vroeg waarom ik het mooi vond.

'Omdat het zo'n gelukkig huis is, dat het de mensen die erin wonen niets kan schelen of het koud en donker is buiten,' hakkelde ik, opeens erg verlegen omdat Lucie me een malle meid vond.

'Vooruit,' zei ze, 'naar boven. Anders zeg je straks dat het mijn schuld is dat je niet voldoende hebt kunnen spelen.' Ze gaf me opnieuw een knipoogje en alles was weer goed tussen ons. Toen ik afscheid wilde nemen zei meneer Mardell dat hij ook wel graag even wilde luisteren. 'Als u tenminste geen bezwaar hebt.' Die eerste morgen zag ik niets in de kamer waar we naar toe gingen behalve de Steinway. Er zijn maar weinig piano's die een ziel bezitten en tot die verrukkelijke uitzonderingen hoorde de vleugel van de Mardells. Lucies vader bleef niet lang bij ons, hij zei dat ik kon komen spelen wanneer ik wilde, ook 's middags. Het huis had zoveel andere kamers dat ik niemand in de weg liep.

Lucie hield woord. Ze was muisstil met een handwerkje zodat ik ongestoord kon genieten. Om twaalf uur vouwde ze het op en zei dat ze me nu naar huis zou brengen. 'Denk je dat je wel zin hebt om morgen terug te komen?' vroeg ze plagerig. Ik kon geen snedig antwoord bedenken.

Bij grootmoeder had ik een waar kruisverhoor te doorstaan, maar ik liet niet veel los.

De volgende morgen hing 'het oktoberhuis' naast de vleugel.

'Mijn vader zegt dat het hier mag blijven zolang als je

komt spelen,' zei Lucie, 'dat is een grote eer. Hij heeft mij nog nooit een van zijn schilderijen geleend.'

Na een week was ik Lucies slavin.

Als iemand mij eraan herinnerd zou hebben, dat ik haar, toen ik haar voor het eerst zag, een lange lijs vond, zou ik dat verontwaardigd hebben tegengesproken. Ze had me al dadelijk gezegd haar bij haar naam te noemen en ik rolde die over mijn tong als een lekkernij. De grote bekoring die voor mij van haar uitging was voor een belangrijk deel daarin gelegen, dat ze heel anders was dan alle vrouwen die ik kende. Ze sprak weinig, lachte niet veel en ze was volkomen zelfverzekerd.

Ze droeg kleren en kleuren die haar stonden, niet omdat ze toevallig in de mode waren. In een tijd waarin alle vrouwelijke wezens mannelijk kort geknipte haren en uitgeschoren nekken vertoonden droeg zij het haar lang, in het midden gescheiden, met een zachte kleine wrong in haar hals, en ik was blij dat mijn moeder mij verboden had het mijne te laten afknippen, toen ik daar om gesmeekt had.

Helaas, dat was niet donkerblond en golvend maar sluik en zwart als roet. Ik vroeg mijn grootmoeder of zij weleens gehoord had dat iemand plotseling van haarkleur veranderd was. Zover haar bekend, zei ze, was dat alleen de graaf van Monte-Cristo overkomen nadat hij een nacht in een spelonk had doorgebracht in gezelschap van een aantal lijken; daar was voor mij geen beginnen aan.

Het huis van de Mardells was hecht gebouwd, het

geratel van de schrijfmachines, door Menie en Salvinia bespeeld, drong niet tot de kamer waar de vleugel stond door. Het kostte altijd moeite dat tweetal verliefden te ontlopen op mijn weg naar boven. Ze toonden elkaar zo graag hoe lief ze met kinderen konden omgaan. Aan Bertha's spraakzaamheid viel niet te ontsnappen want al lukte dat een enkele keer bij de huisdeur als ze me binnenliet, ik had haar woordenstroom gelaten te ondergaan wanneer ze de koffie binnenbracht.

Lucie bleef lang niet altijd bij me terwijl ik speelde. Ze ging boodschappen doen of bij vriendinnen op bezoek en dan nam meneer Mardell de honneurs waar door 's morgens de koffie of 's middags de thee met mij te komen drinken.

Soms vroeg hij me hem iets voor te spelen en als hij tijd had nam hij me mee naar zijn kamer waar hij, heel geduldig, telkens opnieuw trachtte me zijn schilderijen te leren zien, zoals hij dat noemde. Hij stond me niet toe hem na te praten. Hij voelde er geen behoefte aan zijn eigen oordeel in een enigszins gewijzigde vorm terug te horen, zei hij, spottend, al was het vleiend, dat ik alles wat hij zei zo goed onthield.

'Heb de moed om te zwijgen als u niets te zeggen hebt, dan zult u later heel wat minder vervelend zijn dan de meeste van uw seksegenoten.' Hij ging echter onverdroten voort met mij deskundig zijn verzameling te verklaren en langzamerhand kreeg ik er oog voor. Eens, toen we na zo een rondleiding in zijn kamer zaten, vroeg hij plotseling wat mij ertoe bracht het zware beroep van concertpianiste te kiezen.

Omdat me niets heerlijker leek dan altijd muziek te mogen maken.

'Zeker, maar om er de kost mee te verdienen valt niet mee.'

Hij herhaalde zijn vraag en ik vertelde dat het kwam omdat er een meneer bij ons was komen pianospelen nadat mijn neefje was gestorven.

'Het kind van Jankel Hofer?'

'Ja... Aron.' Voor het eerst begreep ik hoe moeilijk het is iets in woorden uit te drukken, ik kon meneer Mardell niet vertellen hoeveel ik van Aron gehouden had.

'Niemand had me gezegd dat hij ziek was en toen ik op een dag aan mijn moeder vroeg of ik weer eens met hem mocht gaan spelen zei ze, dat ik er met geen mens over mocht spreken, maar hij was heel stout geweest en daarom voor een halfjaar naar een kostschool in Engeland gestuurd.

Als een mens vijf jaar oud is lijkt een halfjaar heel lang.'

'Ja,' zei meneer Mardell, 'later worden de jaren korter en de uren langer.'

Hij liet me niet lang zwijgen en vroeg wat ik gedaan had nadat ik dat bericht had gehoord.

''s Middags ging ik naar mijn beste vriendin.'

'Is die ook zo oud als Lucie,' vroeg hij en daar moest ik ontzettend hard om lachen. 'O nee, ze is twee jaar jonger dan ik, maar heel slim. Veel slimmer dan ik ben.

Toen ook al, gek hè? We zijn nog altijd vriendinnen... we gaan samen naar school, en...' maar meneer Mardell liet me niet ontsnappen.

'Waarom bent u die middag naar de slimme vriendin toe gegaan?'

'Omdat ik wilde weten wanneer Aron terug zou komen. Mijn moeder had gezegd: "Precies over een halfjaar". Mili, dat is mijn vriendin, had een juffie. Die heb ik het toen gevraagd,' en dat was nog een hele toer geweest. Moest ik dat allemaal vertellen? Meneer Mardell vond van wel.

'Mili zat met juffie lotto te spelen toen ik binnenkwam. Mili speelde lotto als een duvel, ze won altijd. Juffie deed wel of ze haar liet winnen maar daar was niets van aan. Mili won echt. Ik ging zitten om zo'n beetje mee te doen en toen vroeg ik juffie: "Hoe heet vandaag en een halfjaar" en zij vroeg of ik gek geworden was.'

Juffie was niet op me gesteld. Ze was zo dol op Mili dat ze het me kwalijk nam dat ik beter piano speelde dan haar lieveling. Mili was me verder in alles de baas en ook dat zou ze zeker beter gedaan hebben maar ze gaf weinig om muziek.

'Mili zei: zeg precies wat je precies bedoelt!'

'Dat was echt slim,' prees meneer Mardell.

'Ja, zo is ze, en toen zei ik: als ik jarig ben heet dat elf maart, hoe heet vandaag en hoe heet vandaag en een halfjaar? Juffie zei: o, je kent de namen van de maanden niet. Mili wel. Vooruit Mili! en Mili noemde de maanden van het jaar op.'

Ze liet zich van haar stoel glijden en ging in haar voordrachthouding staan, handen op de rug en haar linkerbeen vooruit. Ze bezat een onverwacht diep stemgeluid voor zo'n klein persoontje.

'Jan-waari,' zei Mili,

'Fee-wraari,'

'MAARTS' en toen, in één adem, een heel lang woord: 'junijuligustustembertobervembersember'.

Meneer Mardell merkte op dat dat me niet veel geholpen had. 'Nee, maar eindelijk gaf juffie toch het goeie antwoord: vandaag en een halfjaar zou zes mei zijn en mag ik nu weer de schilderijen leren zien?'

'Een andere keer,' zei meneer Mardell, 'wat gebeurde er op zes mei?'

'Ik ging naar mijn moeder toe en vroeg of ik Aron van de trein mocht halen.' Ze was zo bleek geworden dat de poeder op haar neus en voorhoofd bijna oranje van kleur leek, haar donkere ogen keken mij verschrikt en ontsteld aan.

'Toen ze begreep waar ik het over had zei mijn moeder dat Aron nu voor tien jaar naar Amerika toe was, dat ik hem niet mocht schrijven en dat ik er met niemand over mocht praten omdat hij weer zo stout was geweest. Ik heb er met niemand over gepraat maar eens kwam ik op straat voor tante Nella's huis een buurjongen tegen, toen ik met Arons broertje had gespeeld. De buurjongen zei: 'Heb je gespeeld met het broertje van het kind dat vorig jaar gestorven is?'

Meneer Mardell zei niets, maar daar hij achter zijn

schrijftafel zat, nam hij zijn briefopener op en ging die aandachtig bekijken.

'Aron was niet stout.'

Ik hoefde meneer Mardell niet te vertellen dat ik een paar dagen op bed was blijven liggen en niet had willen eten. Dat mijn moeder me niet de waarheid had willen zeggen begreep ik best, ze had me het verdriet willen besparen, maar ik had niet mogen geloven dat Aron stout was geweest.

'Een paar dagen later kwam die meneer op bezoek die piano speelde, monsieur Ercole.'

'Hé, die?' zei meneer Mardell, ongelovig. 'Ik heb hem ook gekend, vroeger, ik dacht dat hij al jarenlang... enfin, vertel verder.'

Monsieur Ercole droeg een wijde donkere cape en had een grote zwarte flambard op zijn woeste witte haren. Hij werd vergezeld door een flinke blonde dame in een donkerblauwe regenmantel. Zij verzekerde mijn vader dat het best kon met monsieur Ercole, hij ging toch gauw voorgoed naar huis en ze zou hem over een paar uur komen halen.

Zonder cape en flambard was monsieur Ercole maar een heel klein, mager manneke, maar hij had toverhanden.

'Hij ging voor de piano zitten en hij speelde... ik wist niet dat er zoiets moois in de wereld bestond.'

Meneer Mardell zei niet te kunnen aannemen dat het de eerste keer was geweest dat er in mijn vaders huis werd pianogespeeld.

'Nee, zeker niet, er komen vaak mensen voor ons spelen, maar dit was heel anders, dat stuk was net... nu moet u me niet uitlachen...'

'Ik lach niet zo gauw iemand uit.'

'Het was net een tuin met watervallen en vlinders in de zon.'

'Wat was het?'

'Chopins eerste Impromptu. Ik vroeg hem die telkens weer te spelen en hij deed het ook en daarna at hij met ons mee en toen gebeurde er iets verschrikkelijks.'

'Daar wachtte ik al op,' zei meneer Mardell.

'Het was mijn schuld, ik vroeg hem wanneer we naar een concert van hem zouden kunnen komen luisteren. Hij zei dat hij geen concertpianist was en alleen nu en dan voor goede vrienden speelde en toen begon hij vreselijk te gillen, hij werd paars en het schuim liep hem uit zijn mond.'

'De arme kerel is stapelgek,' zei meneer Mardell, 'hij denkt dat zijn vijanden hem hebben laten opsluiten om een boek, dat hij denkt geschreven te hebben, als hun eigen te kunnen uitgeven.'

'Het was erg akelig en mijn vader moest opbellen naar het gesticht. Toen de verpleegster hem kwam halen lag monsieur Ercole te spartelen op de grond en ze zei dat hij nu wel niet naar huis zou mogen en het was allemaal mijn schuld.'

Daarop zei meneer Mardell iets heel vreemds; dat ik ervoor zou moeten waken, niet op te groeien tot een dwaze maagd. Ik snapte er niets van en hij zag het.

'De dood hoort bij het leven,' zei hij, 'en is er misschien het beste deel van en er bestaat geen vreugde zonder leed. Ze zijn onafscheidelijk als zon en schaduw.' Ik had te jong een groot verdriet gehad en het willen ontvluchten in de muziek, en nu zou ik, als we niet oppasten, later niet meer in staat zijn smart of blijdschap moedig tegemoet te gaan, en met lege handen komen te staan, zoals de dwaze maagden die alle olie opgebruikt hadden. Hij lachte even: 'De schriftgeleerden zouden de hoofden schudden als ze me konden horen; ik zal u de parabel voorlezen.'

Terwijl hij de plaats opzocht in de bijbel, die altijd op zijn schrijftafel lag, moest hij mij eerst uitleggen wat een parabel was.

Daarna luisterde ik geboeid naar zijn rustige stem die wonderlijke woorden voorlas.

'En vijf van haar waren wijs, en vijf waren dwaas. Die dwaas waren, hare lampen nemende namen geen olie met zich, maar de wijzen namen olie in hare vaten met hare lampen.

Als nu de bruidegom toefde werden zij allen sluimerig en vielen in slaap. En te middernacht geschiedde er een geroep: Zie, de bruidegom komt, gaat uit, hem tegemoet.

Toen stonden al die maagden op, en bereidden hare lampen. En de dwazen zeiden tot de wijzen: Geef ons van uwe olie, want onze lampen gaan uit. Doch de wijzen antwoordden zeggende: Geenszins, opdat er misschien voor ons en voor u niet genoeg zij, maar gaat liever tot de verkopers en koopt voor uzelven.

Als zij nu heengingen om te kopen, kwam de bruidegom, en die gereed waren gingen met hem in tot de bruiloft en de deur werd gesloten. Daarna kwamen de andere maagden, zeggende: Heere, Heere doe ons open. En hij antwoordende zeide: Voorwaar zeg ik u, ik ken u niet.'

'Het zijn rotmeiden,' zei ik, 'die wijze maagden, waarom konden ze die stakkers niet wat olie lenen? Rotmeiden waren het. Laat mij maar een dwaze maagd zijn.'

'De anderen hebben het beter in de wereld,' vond meneer Mardell. Hij keek op. 'Vertel hiervan maar niets aan Lucie, ze zal boos op me zijn omdat ik u verdrietig heb gemaakt,' zei hij met een schuldig lachje, 'ik had niet zoveel moeten vragen over Aron.' Hoewel meneer Mardell meestal verstandiger leek te zijn dan andere volwassenen wist ik dat het geen zin had te trachten hem uit te leggen dat ik deze keer niet verdrietig was om Aron, maar om die vreselijke zinnen: de deur werd gesloten; ik ken u niet.

'Ik ga maar weer een beetje pianospelen,' zei ik.

IV

'Reizen heb ik altijd wel prettig gevonden want het is leuk om in een trein te zitten, maar nu ben ik voor het eerst blij ergens aangekomen te zijn,' zei ik op een morgen tegen Lucie. Ze zuchtte. 'O, wat ben je weer ingewikkeld en moeilijk.'

Ik had vaker geprobeerd haar omzichtig te zeggen hoe heerlijk ik het vond met haar samen te mogen zijn in de rustige kamer waar de vleugel stond en het lukte niet; ik gaf het maar op, misschien wilde ze het niet begrijpen en niets zou erger zijn dan haar te vervelen. Stel je voor dat ze opeens zou zeggen: kom maar niet meer terug, of: er komt een ander kind pianospelen, of: ik heb geen tijd meer voor je.

Er waren blijkbaar twee soorten mensen in de wereld: de gewone, met wie je kon praten en de zeldzame naar wie je alleen had te luisteren. Niet dat Lucie spraakzaam was. Als ze in de kamer was, zat ze meestal met haar lief blond hoofd gebogen over een handwerkje, ze babbelde eigenlijk alleen met me als Bertha de koffie bracht of als haar vader erbij was. Hem had ik, nadat we het oneens waren geworden over wijze en dwaze maagden, een aantal dagen niet gezien. Die ochtend kwam hij weer eens boven en we deden alsof er niets was gebeurd. Met hem kon ik wel praten en ik deelde hem meteen mee dat ik de vorige dag een eigenaardige ontdekking had gedaan. Er was een dame op bezoek bij mijn grootmoeder; ze vroeg me, zoals iedereen dat deed, hoe ik Antwerpen vond en ik had zoals altijd geantwoord, dat het een mooie stad was en terwijl ik dat zei besefte ik opeens, dat ik niets van de stad kende behalve wat kamers in een paar huizen en dat was toch wel al te gek terwijl ik er zo vaak was geweest.

Nadat hij me met zijn gebruikelijke hoffelijkheid had aangehoord, zei meneer Mardell: 'Als ik u goed begrijp, wilt u nu eens wat van de stad zien. Wel, we hebben een specialist op dat gebied in huis. Gabriel. Wat die jongen niet van Antwerpen weet mag geen naam hebben. Ik zal hem vragen boven te komen.' Lucie zei dat ze hem wel even ging halen en terwijl ze weg was vertelde meneer Mardell dat Gabriel op allerlei gebied bijzonder begaafd was. 'Waar hij het vandaan heeft mag Joost weten, van zijn ouders zeker niet. Geboren in de goot en getogen op de mestvaalt.' Gabriel kwam schuchter de kamer in.

'Ga zitten, Gabriel,' zei meneer Mardell. 'We hebben een ernstig probleem. Onze jonge vriendin is tot de ontdekking gekomen dat ze, hoewel ze al dikwijls hier is geweest, hoegenaamd niets af weet van onze goede stad, waar ze, als ik me niet vergis, nog wel geboren is ook.' Ik kon dit beamen. 'Nu zijn we het erover eens, dat deze stand van zaken niet langer kan voortduren, daarom liet ik jou roepen, jij moest maar een lijstje voor haar maken van de gebouwen die ze moet gaan zien.' Gabriel bloosde van plezier.

'O, het is zo'n heerlijke stad, kind, met zoveel schoons, om te beginnen...' Ik viel hem in de rede, 'ik zou het erg prettig vinden, Gabriel, als u een lijstje voor me maakte, maar het heeft geen haast, want ik mag toch niet alleen uit en iedereen heeft het altijd veel te druk om met me mee te gaan.'

'Dan ga je met mij,' zei Lucie flink, 'vraag thuis of je zondagmiddag met me mag wandelen en als Gabriel tijd en zin heeft gaat hij misschien wel mee om alles uit te leggen. Ik wil ook wel wat meer over de stad leren. Hoe komt het eigenlijk Gabriel, dat jij er zoveel van weet?'

'Als je van iets houdt,' zei Gabriel blozend, 'dan wil je alles er van afweten. Iedere week lees ik een boek over Antwerpen, u zou verbaasd zijn, juffrouw Mardell, hoeveel er over geschreven is, al van oudsher.'

'Maar hoe kom jij aan al die dure boeken?' vroeg Lucie.

'Er bestaat nog zoiets als een bibliotheek, lief kind,' merkte meneer Mardell op.

'Daar heb ik ook weleens van gehoord,' zei Lucie korzelig, 'maar als Gabriel met zijn werk klaar is, hier, is die immers al lang gesloten.'

'Ja, juffrouw Mardell, dat is ook zo, maar in de bibliotheek is een vriendelijke jongedame die de boeken voor me uitzoekt en ze mee naar huis neemt, daar kan ik ze dan 's avonds gaan halen en terugbrengen, als ik ze heb uitgelezen.'

‘Dat is eigenlijk onzinnig,’ vond Lucie, ‘terwijl ik zoveel tijd heb. Van nu af, als Gittel en ik bij wijze van spreken je leerlingen gaan worden, sta ik erop die boeken voor je te gaan halen.’

‘Dat zou bijzonder vriendelijk van u zijn, juffrouw Mardell, maar dat durf ik nauwelijks aan te nemen.’ Meneer Mardell stond op en streek over Gabriels haar, ‘ik zou het maar rustig doen, jongen,’ zei hij, ‘mijn dochter weet zich toch geen raad met haar tijd. Dag, dames, wij gaan weer aan de arbeid.’ Hij had een arm losjes om Gabriels schouders gelegd toen ze de kamer verlieten.

‘Je vader is wel erg goed voor Gabriel, hè?’

‘O ja,’ zei Lucie, ‘hij is echt op hem gesteld. Gabriel schijnt veel verstand te hebben van zaken. Ga nu maar weer spelen.’

Het kostte moeite voor ik toestemming kreeg op zondagmiddag te gaan wandelen met Lucie; het leek me verstandiger te verzwijgen dat Gabriel ook van de partij zou zijn. Mijn moeder zou het mij zonder meer verboden hebben, maar grootmoeder was altijd als het de Mardells betrof, in tweestrijd. Rosalba, die trouw mijn partij trok, gaf de doorslag. ‘Ach, laat haar gaan,’ zei ze, ‘ze heeft het hier eigenlijk erg vervelend. Fredie en Charlie zijn te oud en de andere kinderen veel te jong voor haar. Ze hangt overal zo’n beetje bij en van die keurige juffrouw Mardell zal ze heus geen kwaad leren.’ Mijn moeder zei niet te begrijpen wat ik aan die oude jongejuffrouw vond. 'Hoe oud is ze wel niet? Ze kon je moeder zijn.' Ja, ze was inderdaad zeer bejaard, negenentwintig, en dat maakte haar vriendschap voor mij nog kostbaarder, maar dat hoefde niemand te weten.

Toen Lucie mij 's zondags kwam afhalen was ze eerst weer vijf minuten poeslief tegen mijn grootmoeder en zodra de huisdeur achter ons was dichtgevallen draafden we naar de eerste zijstraat waar Gabriel ons opwachtte. Hij bezat maar één pak, het zwarte dat hij op kantoor droeg, maar voor de wandeling had hij zich een plat strohoedje aangeschaft en een groene vlinderdas.

'O, Gabriel,' zei Lucie, nog voor ik hem kon begroeten, 'zet dat lelijke ding van je hoofd af. Hoe kom je zo gek? Het staat je af-schu-we-lijk.' Hij kleurde tot achter zijn oren en gooide het ongelukkige hoedje op straat. Hij weigerde halsstarrig het weer op te rapen. 'Is de das ook verkeerd?' vroeg hij nederig. Lucie hield haar hoofd schuin en bekeek het geval met half dichtgeknepen ogen.

'Te groen,' oordeelde ze, ten slotte, 'maar gooi die nu niet weg, alsjeblieft, anders durf ik nooit weer iets tegen je te zeggen.' Daar lachten ze samen om tot ze er tranen van in de ogen kregen.

Lucie zei dat ze wat chocolade voor me had meegebracht en ik begreep en bewonderde haar tact. Ze wist dat ik door Rosalba werd volgepropt als een mestgans voor ik uitging, zodat ik, ter wille van de familie-eer niet in staat zou zijn elders een hap naar binnen te wurgen.

Nadat ik de repen geweigerd had, kon Lucie aan Gabriel, zonder hem in zijn trots te kwetsen, verzoeken zich erover te ontfermen. Hij verslond ze; hij was altijd hongerig, zei hij.

'Dat komt omdat je nog in de groei bent,' plaagde Lucie en Gabriel zei dat een man van drieëntwintig niet meer groeide.

'Nu gaan we eerst naar de kathedraal,' stelde hij voor. 'Ben je daar weleens in geweest, Gittel?' Ik was nergens geweest.

Gabriel beweerde dat Onze Lieve Vrouwe van Antwerpen het mooiste Madonnabeeld in de hele wereld was, en Lucie vroeg hem hoe hij dat kon weten, aangezien hij geen vreemde landen bezocht had. Gabriel antwoordde dat hij platen van andere Madonna's gezien had en dat hun gezichten zoetsappig en vervelend waren vergeleken bij het geheimzinnige, strenge gelaat van de 'onze'.

'Ze is niet van ons,' zei Lucie, 'we zijn niet katholiek.' Maar volgens Gabriel was zij van iedereen die in Antwerpen geboren was. Daar zouden ze nog over hebben gekibbeld als hij niet meteen daarop gezegd had, dat hij het aan een droevig ongeluk te danken had Antwerpenaar van geboorte te zijn. Zijn familie was op weg naar Canada ondergebracht in een landverhuizersverblijf bij de haven en toen zijn vader uitging om wat eten te kopen werd hij overreden door een brouwerskar. 'Hij was op slag dood en door de schrik ben ik twee maanden te vroeg verschenen. Mijn moeder wilde daarna niet meer naar Canada en hoe ze het gedaan kreeg hier te mogen blijven, begrijp ik nog altijd niet.' Hij zuchtte. 'Mijn moeder is een heel flinke vrouw. Ze heeft mijn zusters en mij alleen grootgebracht en ze werkt zich nog steeds dood voor ons. Ze kan dat niet laten, hoewel het niet meer nodig is want mijn zusters zijn getrouwd en ik heb goed werk.'

'Malligheid,' zei Lucie, 'ik vind altijd dat mijn vader je veel te weinig laat verdienen en niet alleen jou. Salvinia en Menie ook. Op dat hongerloon kunnen die sukkels eeuwig verloofd blijven. Ik zal hem eens flink de waarheid moeten zeggen.'

Gabriel smeekte haar zich nergens mee te bemoeien: 'Hij leert ons zelfstandig denken en handelen. Wie twee jaar onder zijn leiding heeft gewerkt, leert meer van het vak dan hij in een dozijn jaar zou doen op een van de grote banken.'

Lucie haalde haar schouders op.

Het was mild voorjaarsweer en in de zondagsstille straten draafden onze schaduwen bedrijvig voor ons uit over de hobbelige keien. We liepen op de rijweg zodat Gabriel ons de gebouwen die hij van belang achtte beter kon laten zien en ik had te doen met Lucie. Ze was trots op haar kleine, smalle voeten en droeg altijd hooggehakte sierlijke schoentjes waarin haar fijne enkels en hoge wreef goed tot hun recht kwamen; bepaald niet het geschikte schoeisel om de beruchte kinderhoofdjes te trotseren. Ze leed ongetwijfeld in stilte maar ze hield zich kranig.

De toren van de kathedraal was onzichtbaar, omsponnen door een rag van steigers.

Gabriel nam ons eerst mee naar het grijze bronnetje van Metsijs, naast de kerk, waarvan het smeedwerk ook, volgens hem, tot het schoonste in de wereld behoorde.

'De liefde maakte van de smid een schilder,' ontcijferde Lucie de in het steen van de bron uitgebeitelde letters. 'Wat zal de liefde van jou maken, Gabriel?'

'Een gek,' zei hij, 'dat is trouwens allang gebeurd,' en de blik waarmee hij haar aanzag uit zijn blauwe ogen was zo boos en hard dat ik ervan schrok. Wat verbeeldde die aap van een jongen zich wel, Lucie zo kwaadaardig aan te durven kijken en Lucie was zo lief, die glimlachte er alleen maar om. 'Je zegt wel een hoop onzinnige dingen. Dat wel,' zei ze.

Gabriel keek naar de grond, het zonlicht sloeg vonken uit zijn rossige haren en zijn donkere wimpers waren zo overdreven lang dat ze schaduwen als waaiertjes op zijn magere wangen wierpen.

'Van een gids die toeristen rondleidt wordt verwacht dat hij een hoop onzinnige dingen vertelt. Dat hoort bij het vak,' zei hij kort, 'ik zal er echter voor zorgen, dat u zich verder niet hebt te beklagen.'

Hij toonde ons, nadat we de kerk waren binnengegaan, een lange smalle koperen streep schuin ingelegd over de plavuizen. 'Zoiets heet een meridiaan; precies om twaalf uur 's middags schijnt de zon erop door een opening in dat raam.' Hij wees ons het gat in het raam en ik raakte onder de indruk van zoveel kennis. Gabriel zei dat het lot ons gunstig gezind was: de gordijnen waren opengetrokken voor het door Rubens geschilderde drieluik van de Kruisafneming en dat was lang niet altijd het geval.

'En jij zegt zeker dat het het mooiste drieluik in de wereld is, nietwaar, Gabriel,' fluisterde Lucie hem plagerig toe.

'Dat zeg ik niet alleen, dat weet iedereen die een klein beetje benul heeft van schilderkunst,' fluisterde hij, nijdig, terug. Hij zei dat de kleuren ervan glansden als kostbare juwelen en ik voelde me schuldig omdat de schoonheid van het machtige werk niet tot me doordrong.

De kathedraal was leeg, op nog een paar kijklustigen na en de rouwdragende, droeve, biddende vrouwen die op alle uren van de dag in elke kerk te vinden zijn. De Lieve Vrouwe van Antwerpen droeg een blauw brokaten kleed met talloze pareltjes bestikt en het Christuskind op haar arm had een zilveren kroon op, niet veel kleiner dan hijzelf was.

'En het enige, wat je later onthoudt van al die pracht,' fluisterde Gabriel, 'is het bleke, geheimzinnige gezichtje van de Lieve Vrouwe.'

Lucie vond haar blik te streng en Gabriel, die er alles van af scheen te weten, zei, 'Ja, zij is streng, zij is niet tevreden met een gebed als het alleen met de lippen gepreveld wordt: voor haar moeten woorden met het hart gezegd worden,' en Lucie fluisterde dat hij toch zo'n rare jongen was. Ik was blij toen we weer buiten in de zonnige straten liepen, de wierookgeur en de heilige stilte onder de hoge gewelven hadden me op een vreemde manier benauwd en verdrietig gemaakt.

'Een van de wonderlijke dingen van deze stad is van oudsher geweest dat ze zowel de werkers als de dromers begrepen heeft,' zei Gabriel, 'iedereen is er naar zijn aard goed terechtgekomen, zij die met beide benen ferm op de grond staan en ook de anderen die met het hoofd in de wolken leven.' Hij vertelde hoe de schilder van het drieluik de vertrouweling van koningen was geweest en hoe het hem als stokoud man nog gelukt was met het mooiste jonge meisje ter plaatse te trouwen.

'Die hem dan ook, naar hij verdiende, links en rechts bedroog,' schamperde Lucie en daar kibbelden ze alweer een paar minuten over. Mijn plezier aan de wandeling werd wel wat vergald omdat ze beiden om de haverklap, zonder reden, boos op elkaar werden. Bij Lucie was dat nog te begrijpen, die zou wel pijn in haar voeten hebben, van Gabriel vond ik het ongehoord brutaal zoals hij nu en dan tegen haar uitviel. Meneer Mardell had hem moeten horen, die zou hem wel fijntjes op zijn nummer gezet hebben.

Lucie had eigenlijk veel te veel geduld met die brutale jongen. Nu vroeg ze hem warempel nog of hij een van de werkers of een van de dromers van de stad dacht te worden.

'Ik moet wel een werker zijn,' zei Gabriel, 'dat vind ik geen bezwaar en ik ben blij dat ik in het bankvak terechtgekomen ben, want dat heeft al heel lang een belangrijk aandeel in de grootheid van de stad gehad. Nog liever had ik iets met de haven te maken, maar daar krijg ik de kans niet toe.'

Hij bracht ons naar de Schelde die traag stromend de lichte voorjaarshemel parelmoer weerkaatste. Ik was aan de zee gewend en de breedte van de rivier viel me tegen, maar ik zei dat maar niet want Gabriel vertelde van grote schepen die beladen met geurende specerijen, ivoor, goud en kostbare houtsoorten van heinde en verre naar de stroom toekwamen.

'Ik dacht ook al,' zei Lucie, 'hoe komen we hier toch aan zoveel ivoren en gouden huizen.' Gabriel zag haar woedend aan en zei dat het gemakkelijk was om alles te lachen. Hij sprak over burgers van de stad die in den vreemde gingen werken, maar haar niet konden vergeten, en die altijd als ze oud waren geworden naar haar terugkeerden om haar het mooiste of belangrijkste van de schatten die ze op hun reizen vergaard hadden mee te brengen, omdat ze allemaal op hun beurt iets wilden doen om haar meer luister bij te zetten. 'Zoals die oude schilder zijn jonge bruid steeds weer met andere bloemen en sieraden tooide om haar stralende blonde schoonheid beter te doen uitkomen.' Zijn mondhoeken trilden van ingehouden lachen toen hij dat zei en ik verwachtte dat Lucie nu wel weer boos zou worden, maar ze vroeg hem heel liefjes of hij ook plannen had om de glorie van de stad te vermeerderen. 'Ik ben een arme joodse vreemdeling,' zei Gabriel, 'en ik houd van deze stad zoals alleen iemand die arm en jood en vreemdeling is, van iets kan houden.

U kunt dat niet begrijpen, juffrouw Lucie. Voor mensen die zelf in grote huizen met mooie tuinen wonen zijn de gebouwen en de parken van een stad niet zo belangrijk als voor een arme jongen zoals ik en de liefde van een vreemdeling die weet dat hij weer spoedig verder moet gaan, is altijd heftiger dan van degene die weet dat hij zijn leven lang bij de geliefde zal kunnen blijven. En de dankbaarheid van een jood aan een plaats waar hij niet aan vervolgingen is blootgesteld moet zelfs u nog kunnen begrijpen.'

'Het is niet waar, wat je daar zegt,' zei Lucie. 'Ik ben op school gegaan met meisjes wier voorouders grote dingen voor deze stad deden, hun liefde was nog feller dan die van jou.'

'Misschien hebt u gelijk,' zei Gabriel, 'maar ik blijf dan ondertussen maar een arme joodse vreemdeling en ik zal nooit iets voor deze stad kunnen doen. Onbereikbare idealen zijn blijkbaar mijn fatum.'

'Voor jou hoeft niets onbereikbaar te zijn,' zei die werkelijk engelachtige Lucie, 'als je maar wat moediger was en wat meer zelfvertrouwen kon opbrengen.' Ik vond dat hij meer dan genoeg zelfvertrouwen had en ik was blij toen hij zei dat hij naar huis moest. 'Ik heb mijn moeder beloofd de keukenkast te witten en de planken met linoleum te beleggen. Volgende week heb ik meer tijd. Dag, juffrouw Mardell, dag, Gittel.' Hij gaf ons ieder een hand en holde weg of de duivel hem op de hielen zat.

'Hij moet wel doodsbang zijn van zijn moeder om weg te lopen als een gek,' zei ik. Lucie antwoordde niet en we liepen zwijgend naar mijn grootmoeders huis. Daar aangekomen vroeg Lucie of ik de wandeling prettig genoeg had gevonden om de volgende week weer een te ondernemen. 'Je was zo stil,' zei ze, 'ik dacht dat je je verveelde.' Nee, ik had mij niet verveeld en ik wilde dolgraag weer mee. Ik wuifde haar na tot de hoge deur van haar huis achter haar dichtging.

Op weg naar huis had ik lopen bedenken wat ik over het uitstapje tegen mijn familie zou zeggen. Ze zaten te whisten. Ze vroegen verstrooid waar ik geweest was en ik zei dat ik met juffrouw Mardell langs de Schelde gewandeld had. Het bezoek aan de kathedraal verzweeg ik, diplomatiek. Rosalba zat kousen te mazen en was de enige die op mijn mededelingen reageerde. Ze fluisterde dat het me aan te zien was dat ik een heerlijke middag had gehad en dat zij me wel weer zou helpen aan een volgende wandeltoestemming.

Die hulp bleek hard nodig te zijn, want de volgende zondag motregende het en mijn grootmoeder voorspelde Lucie en mij een dubbele longontsteking als we daarin zouden rondlopen.

Lucie beloofde mij kurkdroog af te leveren, 'we gaan met de tram naar het museum en daarna neem ik haar mee om thee te drinken'. Rosalba hield woord en kwam ons te hulp met te zeggen dat de regen had opgehouden en nadat Lucie haar gebruikelijke vijf-minuten-minzaamheid had tentoongespreid konden we eindelijk de straat opgaan.

'Heb je altijd zo'n gezanik als je ergens heen wilt?' vroeg ze, 'hoe hou je het uit?'

Ja, dat wist ik ook niet, ik had er niet eerder over nagedacht.

Gabriel had blijkbaar al een tijdlang op zijn hoek naar ons uitgezien want zijn haren waren drijfnat. Na de begroeting begon Lucie hem meteen te zeggen dat zij over zijn laatste opmerking van de vorige week had nagedacht. Ze zei tot mijn genoegen, dat ze die pure malligheid vond.

'Mijn overgrootvader is hier ook als vreemdeling heen gekomen en je weet hoe ver hij het gebracht heeft.'

'De tijden waren anders,' zei Gabriel, 'en hij was al rijk toen hij hier naartoe kwam. Bovendien zal hij veel knapper in zaken zijn geweest dan ik ben.'

'Mijn vader zegt, dat je grote aanleg hebt.'

'Werkelijk?' Gabriel bloosde alweer, van trots. 'Wie weet, misschien word ik ook nog eens een bekend bankier. Er was onlangs iemand uit Engeland op de zaak. Hij vroeg me of ik zin had bij hem te komen werken. Misschien doe ik dat wel. Er waren goede vooruitzichten. Als ik dan veel geld heb verdiend kom ik terug en dan laat ik een groot huis bouwen vol kunstwerken en als ik dood ga vermaak ik het aan de stad.'

Hij zei dat ik ook iets moest doen voor mijn geboortestad en ik beloofde, edelmoedig, ieder jaar een concert te komen geven ten bate van een weldadig doel, zodra ik de beroemdste pianiste van Europa zou zijn. Daarop vroegen we Lucie wat zij ging doen. 'Ik ben alleen geschikt om goed publiek te zijn,' zei ze. 'Ik zal Gabriels paleis komen bewonderen, als hij me dan nog wil kennen en ik zal op de eerste rij zitten en heel hard klappen op dat concert van jou.'

Het museum bleek gesloten te zijn en we namen een tram naar de Schelde, die er mistroostig en grauw uitzag in de regen.

'Nu zal zelfs jij weinig aan je geliefde stad kunnen vinden,' lachte Lucie, maar Gabriel zei dat een beetje regen zijn stad niet minder dierbaar voor hem kon maken want dat zou precies even ontrouw zijn als wanneer je plotseling ophield van iemand te houden omdat die het ongeluk had verkouden te zijn.

Daar verder toerisme onmogelijk was stelde Lucie voor ons op wafels te trakteren in het café op de kaai. We waren er de enige gasten, de regen gutste in stromen langs de hoge vensters en daardoor werd het helverlichte, met veel spiegels versierde lokaal eens zo gezellig. Een oud, slaperig kelnertje met een groen schort voor bracht ons een stapel wafels op een koperen blad: warm, bros en verrukkelijk waren ze, dik bestrooid met poedersuiker die grauw plekte van het vet. 'Net een gele stoep met dooiende sneeuw, als je de ogen half dichtknijpt,' merkte ik op tegen Gabriel en onmiddellijk daarop spoog ik het restant wafel dat ik nog in mijn mond had vol afgrijzen op mijn bord. Gabriel vroeg of het een haar of een steen was geweest, maar ik had de zonde geproefd door de onschuldige vanillesmaak van de poedersuiker heen. Lucie fronste haar, bijna onzichtbare, wenkbrauwen en zei bestraffend dat ik te oud was om zo vies te doen maar er was geen andere uitweg nadat ik opeens beseft had dat de wafels beslist niet koosjer konden zijn, ja dat ze, hoogstwaarschijnlijk, met varkensvet waren toebereid.

Gabriel had begrip voor de situatie en troostte, dat Onze Lieve Heer het me deze keer niet zou kwalijk nemen omdat ik de zonde onwetend begaan had, maar Lucie lachte spottend, uitdagend: 'Je hebt er al vier op en je vond ze erg lekker, is het niet?' 'Heerlijk,' moest ik bedrukt toegeven. 'Dan zou ik de laatste ook maar opeten,' zei ze, 'als je vier keer iets misdreven hebt maakt een vijfde keer niet veel uit, of durf je niet?' Ik deelde de laatste wafel met Gabriel. Met voorbedachten rade zondigen viel niet mee.

Lucie was uitgelaten, ze plaagde Gabriel en mij om beurten en ze zei de gekste dingen zoals: 'Volgende week gaan we naar Lier, het begijnhof bekijken. Dan kan ik meteen een kamertje bespreken want dat wordt tijd.' Ze legde me uit dat in het begijnhof alleen oude ongetrouwde juffrouwen woonden en Gabriel stond op en zei dat hij zijn moeder beloofd had de trap te verven. Ik vroeg of hij niet mee zou gaan naar Lier. Hij zei: 'O, ja, waarom niet? Maar ik hou niet van onzinnige praat.' Hij ging weer zitten en keek boos tegen zijn kruimelig bord. Lucie vroeg de kelner een taxi te bestellen, ze had immers beloofd dat ik niet nat zou worden.

Ze leverde mij netjes af en vertrok met Gabriel, die toen we bij grootmoeders huis aankwamen dubbelgevouwen op de vloer van de taxi ging zitten. Hem zou ze ook even thuisbrengen, zei Lucie, omdat hij zonder jas was uitgegaan.

Sinds ik Lucie ontmoet had was ik niet meer op het eiland geweest en ook Klembem, de spinman, had zich koest gehouden. De volgende morgen hoorde ik voor het eerst weer zijn nare piepstem. Klembem woonde boven op een berg bij de Noordpool in een spinnenweb waarvan de draden zo dik als kabeltouwen waren. Hij had het lichaam en de poten van een spin, maar oneindig veel groter. De poten eindigden in mensenhanden en hij had ook een mensenhoofd waarin bloedrode ogen fonkelden. Ik voelde zijn ijzige, giftige adem in mijn hals toen ik in de gang meneer Mardell Lucie een standje hoorde geven omdat Gabriel ziek was. Ze had beter moeten weten, zei hij gestreng, dan de arme jongen die zwakke longen had, urenlang in de regen te laten rondlopen. Toen ik haar ijverig te hulp schoot en vertelde dat we alleen maar wafels gegeten hadden in een café waar het heerlijk warm was en dat Lucie Gabriel zelfs in een taxi naar huis had gebracht, scheen dat hem alleen maar meer te ergeren en ik hoorde Klembems ellendig hinniklachje. 'Nu gaat het hier lekker mis voor je,' zei Klembem, 'je had het ook veel te prettig.'

'Wees maar niet bang, vader,' zei Lucie, 'Gabriel zal heus wel weer komen werken.'

Toen Gabriel twee dagen later nog steeds ziek was vroeg ze me of ik het niet een aardig idee zou vinden hem op te zoeken, naar zijn welzijn te informeren en hem wat snoepgoed te brengen. 'Ik hoef dat thuis niet eens te vragen,' wist ik, 'ze zouden veel te bang zijn voor besmetting.'

'We kunnen er vanochtend heengaan,' zei Lucie, 'gebeurd is gebeurd.'

'Dan hoef ik het niet eens te vertellen...'

'Dat weet je zelf het beste,' zei Lucie, 'wat zou hij lekker vinden, denk je?' Ze ging naar de keuken en kwam wat later terug met een boodschappentas gevuld met blikken sardientjes, zalm en compote. Ik had net genoeg geld om een paar citroenen te kopen, die, volgens mijn grootmoeder, het enig probate middel tegen een verkoudheid waren. Lucie zei, dat ze niet aan citroenen had gedacht en dat ze het een goed plan vond. We gingen de trap af en kwamen meneer Mardell tegen die een van zijn cliënten naar de voordeur had gebracht.

'We gaan op aandrang van Gittel een werk van barmhartigheid ondernemen,' zei Lucie, en daarbij kneep ze zo fel in mijn linkerbovenarm, dat ik met moeite een kreet onderdrukte. 'We gaan naar Gabriel, beladen met citroenen, ook al een idee van Gittel.'

'Groet hem en wens hem van harte beterschap namens mij,' zei meneer Mardell. 'Je kunt hem ook zeggen,' hij aarzelde even, 'ach ja, zeg het maar, het zal hem misschien wat opvrolijken; dat hij maar moet zien gauw weer beter te worden, want dat ik dan een niet onaangename mededeling voor hem heb.' 'Wat is het, vader?' vroeg Lucie, maar meneer Mardell beweerde dat vrouwen niet in staat zijn een geheim te bewaren, 'wat ik te zeggen heb, zal ik de jongen zelf zeggen.'

Onder Lucies leiding kocht ik mijn bijdrage tot Gabriels herstel en we moesten alweer een taxi nemen omdat ik op het gebruikelijke uur thuis had te zijn, wilde ons uitstapje geheim blijven.

Het was een armzalige straat waarin we stilhielden voor een groentehalletje, waar citroenen te koop lagen voor een veel lagere prijs dan ik ervoor had moeten betalen in de dure winkel waar Lucie haar inkopen deed, maar de mijne waren wel veel groter en mooier. 'Hij woont hierboven op de eerste verdieping met zijn moeder,' zei Lucie. Ze rukte aan een zwartgeverfde trekbel en we moesten even wachten. Een raam werd omhoog geschoven en een schelle vrouwenstem vroeg wie we waren en wat we wensten. Lucie bleek plotseling met stomheid geslagen en ik begon het woord te voeren toen de onzichtbare bezitster van de stem riep dat ze het al zag en dat ze de deur zou open trekken. We gingen het huis in en beklommen een steile, verveloze trap met kranten belegd, bij wijze van loper.

'Gabriel zou de trap schilderen, weet je nog?' fluisterde Lucie, 'hij is niet ver gekomen.' De bovenste drie treden waren keurig lichtgrijs gelakt.

Klembem rolde bijna uit zijn spinnenweb van het lachen, want bovenaan de trap stond oma Hofer. Van ontsteltenis liet ik de zak met citroenen vallen. Het papier scheurde en ik ging de ontsnapte vruchten achterna, die tergend ver uit elkaar als drie eigenwijze gele kobolden naar beneden huppelden. Toen ik weer buiten adem boven aankwam, vond ik Lucie daar aan het hakkelen tegen oma Hofer. Deze liet haar een tijdje begaan, 'maar ik *ben* Gabriels moeder niet,' zei ze ten slotte, 'die is bezig de kamer op te ruimen. Ze verwachtte zulk hoog bezoek niet op dit uur van de dag.' We stonden opeengepakt in een nauw, donker gangetje waar een armoe-geur hing van kool en wasgoed. We hoorden gestommel achter een van de twee deuren. 'Ze zal nu wel klaar zijn,' zei oma Hofer en riep luid: 'We komen!' Ze opende de deur die het dichtst bij de voorkant van het huis lag en wenkte ons haar de kamer in te volgen, een pijpenla.

Gabriel lag met hoogrode wangen en glinsterende ogen onder een berg dekens op een veldbed bij het raam. Een bleke, magere vrouw, met grijs haar, stond naast hem. Ze had een zwabber in de knokige handen. Ze was even verlegen als wij waren. Ze zei dat we moesten gaan zitten en liep, iets mompelend over theezetten, meteen de deur uit.

'Hoe gaat het ermee, Gabriel?' vroeg Lucie, hees. 'Mijn vader laat je hartelijk groeten en zeggen dat hij een aangename mededeling voor je heeft als je weer beter bent.'

'Opslag,' zei oma Hofer, 'en als men mijn eerlijke mening vraagt, dan had dat veel eerder moeten gebeuren.'

Midden in de kamer stond een veel te grote vierkante tafel waar stijfjes zes stoelen omheen waren geplant. De muur waar de deur in was werd verder geheel in beslag genomen door een ouderwets hoog buffet met ruitjes van afwisselend rood en groen glas. Aan de overzijde stond een potkachel, roodgloeiend gestookt. Op de tafel, waarover een witgehaakt kleed lag, stonden een gebraden kip en een grote pot gelei.

Lucie pakte haar tas uit. 'We hebben wat lekkers voor je meegebracht, Gabriel,' zei ze, 'en Gittel heeft van haar eigen geld citroenen voor je gekocht.'

Gabriel, die nog meer op zijn engel-naamgenoot leek dan gewoonlijk, dankte ons, fluisterend.

'Jij hebt je mond te houden,' zei oma Hofer, 'je hebt een kou op de stembanden en dan is spreken streng verboden. Bovendien heb ik je net volgegoten met lindebloesemthee.' Ze wendde zich tot Lucie, 'u weet het enige middel tegen verkoudheid is: zweten en pissen en nog meer zweten en pissen!' Lucie werd wit om de neus, zij was niet gewend aan oma Hofer zoals Gabriel en ik, hij scheen zich al heel weinig van haar aan te trekken want hij fluisterde: 'Doe niet zo bazig, tante Lea, anders eet ik geen hap van die heerlijke kip.'

Oma Hofer lachte en trok hem aan zijn haar en ik moest spreken of ontploffen van nieuwsgierigheid.

'Is oma Hofer je tante, Gabriel?'

Hij schudde zijn hoofd. 'Neen, niet een echte tante, maar de beste, de enige vriendin van mijn moeder en mij...'

'Wil je wel stil zijn,' blafte oma Hofer, 'ik ben zelf in staat alle gotspe-vragen persoonlijk te beantwoorden. Toe maar, Gittel, is er nog meer van je dienst? Zeg het maar, maar eerst zal ik jou wat zeggen: je grootmoeder weet vast niet dat je hier bent. Ik ken haar. Ze zou dat nooit van haar leven toestaan. Ze zijn trouwens allemaal stapel-mesjogge in dat huis. Het liefst van al hielden ze je onder een glazen stolp. Bah.' Ze wist, dat ik haar niet kon tegenspreken.

We zwegen met z'n vieren totdat Gabriels moeder weer binnenkwam, maar voor het zover was had ik met verwondering vastgesteld dat oma Hofer er hier heel anders uitzag dan wanneer ze bij grootmoeder was. Ik zag haar voor het eerst zonder hoed. Ze droeg anders een eigenaardig soort hoofddeksel, zwart met een kokarde opzij; mijn grootmoeder beweerde dat er een slaaf ergens in een spelonk moest huizen die niet anders deed dan oma Hofers hoeden voor haar maken en dat als die slaaf eens kwam te overlijden het vervaardigen ervan, gelukkig, tot de verloren gegane kunsten zou behoren. Ik bedacht ook dat ik niet wist hoe oud oma Hofer was. Ze was voor mij tijdloos, net als grootmoeder en Rosalba.

Gabriels moeder droeg een tinnen blad waarop een theepot en glazen stonden. Ze zette het neer op tafel en gaf ieder van ons een glas thee. Oma Hofer stelde haar voor de pot gelei te 'slachten'. Ze wachtte haar antwoord niet af maar haalde meteen, bedrijvig, bordjes uit het buffet waarop ze een flinke kwak gelei mikte, die verrassend lekker smaakte. Gabriel moest helemaal onder de dekens blijven en oma Hofer voerde hem alsof hij een klein kind was. Hij was helemaal niet bang van haar, hij beet haar zelfs een keer speels in de hand. 'Ondankbaar hondsvot,' zei ze, lachend, 'aap van een jongen, pas op, of je gaat over de knie.'

'Het zou de eerste keer niet zijn,' zei de schorre Gabriel.

'Nee, we kennen elkaar langer dan vandaag en binnenkort wordt het tijd voor je om aan trouwen te denken. Ik heb al een schat van een meisje voor je op het oog. Nog geen achttien jaar oud en met een aardig sommetje geld. Ik ben voor jonge huwelijken en dan met iemand van je eigen soort. Jij mag niet zo verkeerd terechtkomen als mijn eigenwijze zoons, die niet naar me wilden luisteren.'

Gabriels moeder werd opeens spraakzaam. Droevig vertelde ze hoe radeloos ze geweest was, met de pasgeboren Gabriel, in een ziekenhuis in een vreemd land waarvan ze de taal niet kende; en toen was er een wonder gebeurd. Ze had zich plotseling herinnerd dat er in deze stad een vroeger schoolvriendinnetje van haar moest wonen. Gelukkig bleek een van de nonnetjes die haar verzorgde Pools te zijn. Deze had met veel moeite het adres opgespoord en er een briefje naartoe gebracht. Geen uur nadat ze het ontvangen had stond oma Hofer naast haar bed met kleren en eten en alles wat je maar bedenken kon. Oma Hofer nam het verhaal over: 'En die snotneus daar, je zou het nu niet meer aan hem zeggen, was de mooiste baby die ik van mijn levensdagen heb gezien. De nonnetjes zeiden: "Precies het Kindeke Jezus." Lehavdil. En sinds die dag beschouw ik hem als mijn derde zoon.'

Lehavdil werd gepreveld wanneer iemand, per ongeluk, een gezonde met een zieke vergeleken had, of een levende met een dode. Op zichzelf was het een doodonschuldig Hebreeuws woord dat niet anders betekende dan 'om een onderscheid te maken', maar als je het vlug genoeg zei, na zo'n vergissing, scheen het kwade geesten die zich in de buurt mochten bevinden, te kalmeren. Aan Lucies verschrikte blik zag ik dat ze niets begrepen had van oma Hofers laatste zinnen, ik zou het haar buiten wel uitleggen. Ze stond op. 'Het is tijd om te gaan, Gittel. Dag, Gabriel, beterschap.'

We mochten hem van oma Hofer alleen maar toewuiven. Zijn moeder schudde mistroostig onze handen en zei dat ze, hoewel ze een hard leven had, iedere dag opnieuw weer verrast en dankbaar was omdat er nog zoveel goeie mensen op de wereld waren, maar ze bezat een stem die elk vriendelijk woord vervormde tot een klacht of een verwijt.

Oma Hofer bracht ons naar de trap en daar greep ze mij bij de kin en dwong me haar recht in de ogen te zien. 'Als jij je mond houdt, doe ik het ook,' zei ze. Dat was een hele opluchting, maar desondanks huilde Lucie in de taxi en daar ik niet begreep waarom, kon ik haar niet troosten.

Gabriel was aan het eind van de week weer aan het werk en hij kwam Lucie en mij nog plechtig bedanken voor ons bezoek. Hij zei blij te zijn dat hij beter was om zondag met ons mee naar Lier te kunnen gaan.

V

Ons verblijf in Antwerpen had een vast patroon, wanneer we aan de barones toe waren, wist ik het eind ervan nabij. Zelfs al waren we na aankomst even in de gratie bij grootmoeder, dan was dit meestal van korte duur, omdat mijn moeder niet kon nalaten heftig te kibbelen met oom Fredie die grootmoeders jongste kind was en haar oogappel. De voortdurende aanvallen op haar lieveling ergerden haar en ze wist heel duidelijk zonder woorden te kennen te geven, wanneer haar waardering voor onze aanwezigheid bij haar, tot het nulpunt gedaald was. Er zat dan niets anders op dan alleen 's nachts in haar huis te zijn en overdag om beurten de tantes met een bezoek te vereren, die ook spoedig genoeg van ons kregen.

Als het zover was betrokken we onze laatste stelling: de barones Bommens.

Deze keer had ik door de vriendschap met Lucie weinig aandacht besteed aan de onvermijdelijke gang van zaken. Ze bracht me, zoals gewoonlijk, tot aan grootmoeders voordeur en zei dat ik goed deed alvast om toestemming te smeken om mee naar Lier te mogen, maar ik wist zodra ik in huis was dat ik me de moeite kon sparen. We zaten al midden in de grote scène van het laatste bedrijf.

Bovenaan de trap die naar de woonkamers leidde, stonden grootmoeder, oom Fredie en mijn moeder, die, met de haar eigen dramatiek, betoogde: 'Hier blijf ik geen dag langer, geen dag versta je. Morgen gaan we naar huis. Kom mee, Gittel, we gaan naar de barones. Daar worden we tenminste liefderijk behandeld en niet als het uitschot der maatschappij.'

'Mooie barones,' smaalde Fredie, 'barones-met-de-linkerhand, en een fijne baron: Baron Zeep.'

Hij sprak het laatste woord plat-Vlaams uit, zodat het ongeveer als ziejep klonk. Ik begreep er niets van, maar ik wist dat het uit was met de rustige uren in Lucies huis en de prettige wandelingen met haar en Gabriel.

Mijn moeder daalde als een beledigde vorstin de trap af en zette haar hoed tergend langzaam op. Rosalba verscheen onder aan de keukentrap. 'Doe niet zo dwaas,' zei ze, 'jullie hebt nog niet gegeten.' 'Dan verhongeren we maar,' zei mijn moeder somber, 'ik zal blij zijn als we uitgehongerd in de goot worden gevonden, dan zullen jullie je moeten doodschamen.'

Ik vond dat niet zo'n prettig idee en grootmoeder merkte het.

'Jij moest je doodschamen,' zei ze, 'dat kind zo van streek te maken. Vooruit, kom weer boven, het eten is dadelijk klaar.'

Ze ging fier de eetkamer in, gevolgd door Fredie. Mijn moeder hing haar hoed weer aan de kapstok en tot mijn verbazing schudde ze van het lachen.

Ze wees me in de spiegel te kijken en daarin zag ik mezelf: dik als een beer, er zouden heel wat maanden voorbij moeten gaan voor ik uitgemergeld uit een goot kon worden gevist.

Aan tafel werd geen woord gesproken behalve door Rosalba en mij. Grootmoeder staarde streng voor zich uit en oom Fredie en mijn moeder mokten om het hardst.

Als we naar de barones gingen, kreeg ik vrijaf van de marine. Waar mijn moeder die nautische voorkeur vandaan had is niet te achterhalen, maar ze liet me tot mijn vijftiende jaar uitsluitend in matrozenpakken rondlopen. 's Zomers van wit katoen en 's winters van een kriebelige donkerblauwe wollen stof. Verder bezat ik een feestgewaad van blauwe tafzij, dat ik slechts bij hoge uitzondering aan mocht. De barones zou het mijn moeder echter ernstig hebben kwalijk genomen, als we niet op zijn paasbest bij haar waren verschenen. Zij en haar dochter, madame Odette, hulden zich in zijde, fluweel en kant. Ze glinsterden van de juwelen en ze hadden niets tegen wat bont en struisveren.

De kleinzoons van de barones liepen steevast in fluwelen pakken met kanten kragen rond, met zijden sjerpen om hun akelige middeltjes gewonden. De sukkels droegen het muiskleurige haar met een lange pony op het voorhoofd en pijpenkrullen tot op de schouders. Tussen deze versieringen blikten bleekblauwe oogjes sluw de wereld in. Ze waren van mijn leeftijd en liepen luid gillend weg zodra ze me zagen. Helaas kwamen ze meestal weer tevoorschijn zodra de gebakjes rondgingen.

Overigens was het bezoek bij de barones één groot feest. De lange wandeling naar haar toe was al heel prettig, omdat van verre het paleisje waar ze woonde zich al onderscheidde van de andere huizen in de laan, want voor alle ramen hingen vitrages in verschillende pastelkleuren.

De barones die graag sprak over: de blauwe salon, de rode ontvangkamer, enz. had ieder vertrek in een andere kleur ingericht en zelfs de glasgordijnen waren in het kleurenschema opgenomen.

'Smaak is smaak,' zei ze, 'ik ben tevreden met de mijne.' Ik vond dat ze dat ook best mocht zijn; in mijn ogen kon de inrichting van geen van de andere huizen waar ik op bezoek kwam, de hare evenaren, in schoonheid en voornaamheid, rijkdom en sier.

Madame Odette, in blauw moiré, geflankeerd door haar twee Fauntleroys, stond al voor de deur naar ons uit te kijken. Nauwelijks waren we wat dichterbij gekomen of de twee kleine naarlingen liepen tierend en joelend het huis in.

'Excuseer het maar,' zei hun moeder gelaten 'Het is allemaal zo moeilijk... Voor een vrouw alleen... Twee van die bengels... Goed op te voeden.' Ze zuchtte diep; ze leidde al haar korte zinnen met een zucht in. 'Hoe gaat het met mama,' vroeg mijn moeder.

'Altijd hetzelfde. Buitengewoon voor haar leeftijd.

Femme du monde. Tot haar laatste snik.'

Een huisknecht nam onze mantels aan. En madame Odette zei: 'Mama ontvangt vandaag in het boudoir omdat Gittel dat vorige keer zo bewonderde en Arnold zegt dat u niet mag weggaan, voordat hij u gezien heeft.'

Arnold was haar oudere broer en het was aan zijn tussenkomst te danken dat wij in deze adellijke kring verkeerden. Hij was tegelijkertijd leerling geweest bij de firma waar mijn vader zijn weinig geslaagde handelscarrière begon. Arnold Bommens had het verder gebracht, hij bezat een van die voortreffelijk beheerde kroegen waarvan terecht gezegd wordt dat het goudmijntjes zijn. Hierover werd in deze deftige omgeving meestal gezwegen, een enkele keer kreeg Arnold iets te horen, op verwijtende toon, van 'Noblesse oblige'. Bommens was een gezellige, joviale man, die een historisch aureool voor mij bezat; hij had het enige echte pokdalige gezicht dat ik ooit gezien heb, ik kon er mijn ogen niet van afhouden.

Hij was oprecht op mijn vader gesteld en de hartelijke genegenheid die uit zijn stem klonk wanneer hij naar hem vroeg, en over 'vroeger' sprak, deed me altijd goed.

Wat mij bij mijn eerste bezoeken nogal verward had, was, dat iedereen in huis Bommens heette, de barones zelf, 'onze' meneer Arnold, madame Odette en Lucien en Robert ook. Soms logeerde er nog een kleindochtertje, het kind van een andere dochter die in Gent woonde en dat was ook al een Hubertineke Bommens. Deze dynastie was er een in de vrouwelijke lijn.

Madame Odette was een grote rossige vrouw met weelderige vormen. Ik vond haar te grof maar Rubens zou haar graag geschilderd hebben. We liepen achter haar aan, een lange gang door die met zwarte en witte marmeren tegels belegd was. Daarna moesten we een paar trapjes op om het blauwe boudoir van de barones binnen te treden. Dit vertrek genoot vooral mijn bewondering door een groot schilderij dat er hing. Ik begroette de barones en ging er, ondanks meneer Mardells lessen, meteen weer voor staan.

'...en zij maar naar de jager kijken,' zei de barones met haar eigenaardige gevoileerde stem, 'pas maar op kind, pas maar op.'

Het schilderij stelde een open plek in een bos voor, aan de linkerzijde van het tafereel lag een meisje met niet te veel kleren aan in een ongemakkelijk-sierlijke houding te slapen. Over haar heengebogen sloeg een heer in een groen jagerskostuum haar aandachtig gade. Aan de onderkant van de flinke vergulde lijst was een bronzen plaatje aangebracht, waarop te lezen stond: 'Zal hij haar nu doen ontwaken? Ach neen.'

Bij een vorig bezoek was ik zo onvoorzichtig geweest om te vragen: 'Waarom eigenlijk niet?' en het akelige grotemensengelach waar ik altijd een beetje bang voor was, had de kopjes doen rinkelen op het marmeren blad van de theetafel. Er was veel te zien in iedere kamer van de barones, maar deze spande de kroon. Alles was lichtblauw of goud. Er hingen twee spiegels die van de zoldering tot de vloer reikten, er was een toilettafel vol kristallen flacons en dozen en er was een Récamier-bank. Langs een gouden ketting klommen vier gouden engeltjes van het plafond naar beneden, ieder van hen hield een glazen roos in de hand waarin gloeilampjes verborgen waren, die een zacht schemerig licht verspreidden.

'Als een vrouw wat ouder wordt, moet ze schel licht mijden,' meende de barones en ze zag er in het halfduister heus nog kranig uit, ondanks haar tachtig jaren. Ze deed me altijd aan een gepoederd pekineesje denken, met haar grote, bolle, sterk uitpuilende ogen boven de zeer korte en brede wipneus, ook al omdat ze, net als die hondjes, haar onderlip voortdurend met haar tong bevochtigde. Drie gitzwarte krullen vielen op haar voorhoofd onder een witte kanten mantilla uit, die ze bevallig om hoofd en schouders gedrapeerd had.

Ook dit bezoek verliep volgens een vast programma. Zodra we zaten kwam de huisknecht binnen met een blad vol gebak en bonbons en madame Odette schonk uit een grote blauwe kan chocolade. Dat was het moment waarop de twee jonkers binnenstoven, die met groot misbaar hun aandeel opeisten. Er waren altijd dezelfde soort gebakjes, hoog en langwerpig met drie lagen mokkacrème gevuld, versierd met zilveren pilletjes op de wijze van dominostenen. Als gast kreeg ik altijd dubbel-zes met de twaalf zilveren pillen, tot woede en ergernis van Lucien en Robert. Gelukkig verdwenen die altijd met de buit naar hun eigen kamers en daarna werd het pas echt gezellig. Een vette witte kat, met de knecht binnengekomen, lag te spinnen op de satijnen schoot van de barones die dicht bij de grote gashaard zat. Ik zat soezerig naar de vlammetjes te staren toen madame Odette met een serie zuchten opmerkte: 'Een vrouw zoals ik. Beleeft haar hel. Hier al op aarde.' Ik vond dat ze zich niet te beklagen had in die mooie warme kamer met al dat lekkers en zo prachtig gekleed; en daar Lucien en Robert haar eigen kinderen waren, zou zij ze niet akelig vinden.

'Hoor je nooit meer iets van hem?' vroeg mijn moeder.

'Nooit,' was het antwoord. 'Na de geboorte van Robert is hij weggegaan. Sindsdien niets meer van zich laten horen. Taal noch teken.'

Ik kon hem, wie hij dan ook zijn mocht, in mijn hart geen ongelijk geven.

'...en als ik dan aan papa denk...!' zuchtte Odette.

'Ik zeg altijd tegen Odette, dat er op aarde geen man meer rondloopt die met de baron te vergelijken is. Zoiets goeds. Zoiets edels.' De barones begon verontwaardigd te snikken en stootte de poes van haar schoot, die een boos gezicht trok en lekker haar buik voor de gashaard ging liggen schroeien.

'De grond was te hard waar ik op liep,' vervolgde de barones. 'Iedere dag rode rozen bij mijn ontbijt. Iedere maand op de dag van onze ontmoeting een schitterend bijou. Hij zou mij de maan op een gouden schotel hebben gebracht, als ik erom gevraagd had. Ik héb er nooit om gevraagd, maar hij *had het gedaan*!'

Ik had veel zin om te vragen hoe ze dacht dat de baron zo'n grote schotel met maan en al door de voordeur zou hebben gewerkt, maar de barones begon steeds luider te jammeren.

'Aaaah,' riep ze uit, 'aaah. Het is weer zover, mijn crise de nerfs, mijn crise de nerfs. Gauw Odette, mijn vlugzout, mijn poeders, of ik sterf aan je voeten.'

Om haar wat af te leiden zei ik op meewarige toon; 'Die lieve baron die zo goed voor u was, was dat nu Baron Ziejep?'

Het bleek een probaat middel, de crise de nerfs hield meteen op. De barones verrees uit haar zetel als een wraakgodin en madame Odette liep purper aan.

'Wat zeg je daar!' 'Dat heeft ze niet van zichzelf,' zeiden ze gelijktijdig met giftige blikken naar mijn arme moeder, die tot haar haren bloosde.

'Zil-jeb,' zei deze, met veel spatie tussen de lettergrepen, 'Ziljeb. Het kind is in de war. Wij hebben een vriend, een Poolse baron, die weleens bij ons thuis komt en nu denkt ze dat iedere baron, Baron "Zil-jeb" is.'

De barones ging weer zitten en koos de wijste partij. 'Dat zal het dan wel zijn,' zei ze gemaakt onverschillig. Odette was niet zo gemakkelijk. Op suikerzoete toon vroeg ze, terwijl ze mij het schaaltje bonbons voorhield: 'En wat is dat dan wel voor een mijnheer, die Poolse baron. Hoe ziet hij eruit?' Ik was ten einde raad, maar 'onze' Bommens kwam als een reddende engel de kamer in.

'Ah, de dames allemaal bij elkaar. Dat is goed. Bonjour Maman, dag lieve Thea, het doet mij goed u weer te zien. Zo, Odetteke... en kijk eens, wie is die grote juffrouw daar? Dat is toch niet ons Gittel? O, wat spijtig. Ik heb een haas voor haar meegebracht, maar daar is ze nu zeker veel te groot voor.'

Hij zette een paashaas voor me neer op tafel, het goede dier droeg een mand met eitjes op de rug.

'O nee, Onkel Arnold, o nee, ik ben helemaal niet te groot.' Ik vloog hem om de hals en kuste uitbundig zijn pokdalige wangen, ik was daar anders te bedeesd voor, maar ik begreep dat ik een van die geheimzinnige dingen gezegd had waar grote mensen kwaad om worden en dat zijn aanwezigheid me veel narigheid bespaarde.

Tot mijn spijt wachtten we deze keer de tweede ronde lekkers niet eens af (crème de menthe voor de dames, limonade voor mij en belegde broodjes).

'Allez dan, wat is dat nou?' protesteerde Arnold. 'Kom ik extra vroeg naar huis en nu vliegt ge weg.' Mijn moeder duwde mij ongeveer de deur uit en de straat op. Onkel Arnold wuifde ons nog lang na. 'Als die goede man nu maar in godsnaam naar binnen ging,' mompelde mijn moeder, 'ik houd het niet meer uit.' Toen hij eindelijk de deur sloot leunde ze tegen de muur van het eerste huis waar we langs kwamen en lachte tot de tranen haar over de wangen liepen. 'Baron Ziejep,' kreunde ze, 'Baron Ziejep. Hoe kon je zoiets verschrikkelijks zeggen!'

'Wat is daar nou zo erg aan?'

Ik kreeg een gekuist verslag toen ze weer wat op adem gekomen was. De man van de oude barones, een heel knap zakenman die veel geld had verdiend, had, voor bewezen diensten aan den lande, de baronnentitel ontvangen. In België noemen ze zo iemand wel eens: 'Baron Zeep.'

'Maar waarom werden ze daar zo boos om. Als hij zulke goeie zeep maakte dat hij er baron van werd zou ik daar juist trots op zijn.'

Mijn moeder kreeg het weer te kwaad. 'Ach... jij begrijpt ook nooit iets.' Dat was waar, ik was blij dat ze erom lachte deze keer, en in een goeie bui was. Op de brede laan waren de brandende lantaarns feestelijk omsluierd door een lichte motregen en de lente geurde uit de bomen. Voor enkele ramen van de huizen waar we langs liepen waren de gordijnen niet dichtgetrokken, door een ervan zagen we kinderen met een poes stoeien en voor een ander zat een groot gezin opgewekt aan de maaltijd. Iedereen leek gelukkig te zijn, die avond, in Gabriels stad... en morgen moest ik weer weg... en weg van Lucie...

Ik vroeg of ik haar even mocht gaan zeggen dat ik de volgende dag niet bij haar zou komen pianospelen.

'Vooruit dan maar,' zei mijn moeder, opeens korzelig. 'Lucie hier en Lucie daar, dat mens begint me de keel uit te hangen. Wat dat betreft is het maar goed dat we weggaan. Ze eist je helemaal op. Denk erom dat ze je thuisbrengt, straks, het is al bijna donker.'

Aan de overkant stond Lucie bij haar deur op het

punt naar binnen te gaan. Ik greep haar arm. Ze schrok. 'O, ben jij het, wat is er?'

'Ik kwam alleen maar zeggen dat ik morgen niet kan komen, we gaan opeens naar huis.'

Haar gezicht betrok. 'O, wat jammer, we zullen je missen en ik heb Gabriel gevraagd iets heel moois voor je te maken en nu is het nog niet af.'

'Wat is het Lucie, wat is het?'

'O nee, dat zeg ik niet, dat is een geheim. We zullen het je wel sturen, schrijf hierin je adres maar duidelijk op.'

Ze haalde uit haar tas een in paars leer gebonden boekje en ze keek bedrukt terwijl ik bij het licht van een lantaarn schreef. Tot mijn voldoening zei ze stil en wanhopig: 'Wat moet ik beginnen zonder je.'

Ze bracht me zwijgend thuis.

'Zul je spoedig wat van je laten horen?'

'Ja natuurlijk en groeten aan iedereen, je vader en Bertha, en Salvinia en Menie en Gabriel. Zijn adres moet ik ook weten want ik wil hem schrijven.'

'Stuur de brief aan hem maar naar mij, ik zal wel zorgen dat hij die krijgt,' zei Lucie en deze keer was ik te bedroefd om haar na te wuiven.

Toen ik de eetkamer inkwam lag Fredie te hinniken met zijn hoofd op tafel, Charlie stond zich op de knieën te slaan en mijn grootmoeder, moeder en Rosalba schaterden of ze niet weer zouden ophouden.

'Zil-jeb,' bulderde Fredie, 'hoe kwam je daar ineens op?'

'Ik weet het niet,' hijgde mijn moeder, 'inspiratie, pure inspiratie van de schrik.' Ik ging de gang in tot ze weer wat bedaard zouden zijn. De hele geschiedenis verveelde me, ik had andere zaken aan mijn hoofd.

Aan tafel was iedereen vrolijk en spraakzaam, maar hoewel de stemming door de twee Baronnen aanmerkelijk verbeterd was, bleven onze reisplannen onveranderd, de volgende dag moesten we weer noordwaarts trekken.

VI

Zodra ik mijn vader zag staan op het perron wist ik dat ik Lucie niet gauw zou terugzien. Hij was opgewekt, hij had bloemen voor mijn moeder en bonbons voor mij meegebracht en thuis was er nieuw behang in twee kamers. Ik hoopte dat zijn zaken op onverklaarbare wijze een goede keer hadden genomen, later bleek dat hij de premie van zijn levensverzekering niet had betaald.

Op de tevoren door hem bepaalde dag moesten we Wally's gelijk erkennen.

Het werd een bittere ceremonie. Om beurten moesten we voor hem staan. Hij stelde vragen en souffleerde de antwoorden.

'Wie heeft zichzelf een document geschreven?'

'Wijze Wally.'

'Wat stond er in dat document?'

'Dat we lang voor zes maanden verstreken waren weer op ons eigen adres zouden zijn teruggekeerd.'

'En blij toe!'

'En blij toe!'

'Is dat uitgekomen?'

'Het is uitgekomen.'

'Erkent Gij het gelijk van Wally mondeling, schriftelijk, algemeen en nederig?'

'Ja, dat erken ik.'

'Erkent Gij hem dankbaar te zijn voor zijn wijsheid?'

Dat vertikten we alle vier.

Op school had ik zorgen, het kostte moeite de verzuimde lessen in te halen en ik ging over met slechte cijfers en veel taken, een schande die ik me zeer aantrok, hoewel die mijn ouders volkomen onverschillig liet. Bovendien was er een nieuwe leerlinge in de klas die mij met haar ongevraagde genegenheid vervolgde, een onsmakelijk kind met vale vlechten en bleke ogen, waarvan de randen ontstoken waren. Op een ochtend dat ik in het speelkwartier, zoals gewoonlijk, tegen het hek stond te suffen in de hoop met rust gelaten te worden, kwam Polinda weer naar me toe. Ze vroeg of ik wist hoe de kinderen kwamen en toen ik zei dat ik niet van kinderen hield en ze liever zag gaan dan komen, bulderde ze van het lachen en sloeg ze zich op de puisterige blote knieën van de pret. Mili, die haar niet kon uitstaan, kwam op het geschater af en vroeg, met een boze blik in haar richting, waarom dat mispunt zo stond te hinniken. Nog steeds proestend vertelde ze het, 'maar,' voegde ze eraan toe, 'misschien weet jij ook niet hoe de kinderen komen'. Tot mijn stomme verbazing kreeg Mili een hoogrode kleur. Ze snauwde dat ze er alles van af wist en dat het een raar gezanik was en holde naar de andere kant van de speelplaats. Hoewel ik nog steeds niet nieuwsgierig was, kwam het mijn eer te na iets niet te weten waarvan Mili, twee jaar jonger, wel op de hoogte bleek te zijn, ik zei tegen Polinda dat ze me mocht inlichten.

Ze begon met de vraag of ik al bloed had en mijn antwoord, dat ik wel net zoveel bloed dacht te hebben als ieder ander, scheen ze weer heel grappig te vinden. Daarop legde ze mij uit hoe het mij zou vergaan naar de wijze der vrouwen, 'en dat is nog niets,' zei Polinda, toen ik ervan kokhalsde, 'dan begint het pas gevaarlijk te worden. Mannen hebben iets extra's en daar krijg je kinderen van.' Als ze getrouwd waren, stopten ze dat in hun vrouwen terwijl die sliepen maar op straat kon het ook gebeuren, als het erg druk was. Als je bijvoorbeeld naar het vuurwerk ging kijken moest je altijd opletten dat er niet een man vlak achter je stond, want het griezelige was dat je er niets van merkte terwijl ze met dat extra ding bezig waren en voor je het wist had je een kind. Ik zei dat ik er geen woord van geloofde, dat ze een ander voor de gek kon houden en dat ik niets meer met haar te maken wilde hebben. Ze begon te huilen dat ik iedereen kon vragen of ze niet de waarheid gesproken had. Ik luisterde niet naar haar gejammer en liep de speelplaats over naar Mili toe. Klembem liet zich aan een draad naar beneden zakken. 'Je kunt nu wel doen tegenover Polinda of je er geen woord van gelooft,' piepte hij, 'maar je weet wel beter. Denk eens aan de keren dat grote mensen zo vervelend lachen om iets dat je niet begrijpt en hoe ze nog veel harder lachen als je ze vraagt het je uit te leggen.'

Een blik op mijn ontdaan gezicht was voldoende voor Mili.

'Dat snertkind heeft het je verteld.'

'Ja.'

Dat was alles. We spraken er niet weer over maar op weg naar school en naar huis waren we niet langer de mevrouwen Antonius en Nielsen, we hadden voorlopig geen zin in echtgenoten en kinderen.

VII

We waren ruim een maand thuis eer Lucies cadeau aankwam, een kalfsleren muziektas met tabakkleurige moiré-zij gevoerd. Op de linkerhoek van de klep stond mijn naam in schrijfletters die er uitzagen alsof ze er op geschilderd waren door een in vloeibaar zilver gedoopt penseel. In de tas vond ik het eerste briefje dat ik van Lucie kreeg en dat was een nog kostbaarder bezit dan de tas.

'Dit is een geschenk van iedereen in huis. Het leer is van mij, de voering van Bertha, Salvinia en Menie, mijn vader heeft je naam laten maken door een van zijn vrienden die een beroemd goudsmid is. Gabriel heeft alles zo keurig in elkaar gezet, ik weet niet hoeveel uren hij er wel aan besteed heeft. We hopen dat je de tas mooi zult vinden en we hopen ook dat je weer spoedig hiernaartoe zult komen. We missen je allemaal iedere morgen en Gabriel en ik nog op zondagmiddag bovendien. Mijn vader zou je zeker ook hartelijk laten groeten als hij hier was. Hij is op het ogenblik in Frankrijk voor een korte vakantie.

Veel groeten van

Lucie, Gabriel, Salvinia Natans, Menie Oberberg, Bertha Zuil.

Ieder van de ondertekenaars kreeg een bedankbrief maar Lucie smeekte ik mij vooral gauw weer te schrijven. Zoals alle verliefde zielen vond ik dat ze dat te weinig en te kort deed, terwijl ze me toch vrij geregeld van alle bijzondere gebeurtenissen in den huize Mardell op de hoogte hield. Gabriel werkte voor een veel beter salaris. Hij had een nieuw pak gekocht en het genoegen gesmaakt zijn moeder streng te kunnen verbieden voor anderen te koken en te verstellen; ze deed het stiekem toch. Bertha was geopereerd aan een blindedarmontsteking maar gelukkig weer zo goed als beter. Menie en Salvinia hadden eindelijk vaste trouwplannen, 'over tien jaar komt daar dus misschien iets van', schreef Lucie, met een dikke streep onder misschien. Ze eindigde al haar briefjes met 'kom maar weer gauw naar ons toe, ik mis je', wat me telkens pijn bezorgde in de streek waar ik vermoedde dat mijn hart zich ophield.

Ik bewaarde de brieven in een doosje dat ik tevoren te mooi had gevonden om te gebruiken. Mili en ik hadden er ieder een gekregen van haar grootvader toen hij een van zijn zeldzame goeie buien had. De doosjes waren van rood fluweel en beplakt met parelmoeren slakkenhuisjes. Midden in de schelpentuin op het deksel groeide, onverwacht, een keihard, eivormig roodfluwelen uitsteeksel, 'dat is een speldenkussen,' legde Opa Harry uit, 'maar alleen voor heel moedige spelden.' Aan de binnenkant van het deksel bevond zich, achter een glazen plaatje, een gezicht op de pier. Op het glas stond, in roze krulletters: 'Salutations affectueuses de

Scheveningue', want Opa Harry, die zijn opleiding in Parijs genoten had, was verwoed francofiel. In de vijf souvenirwinkels, toeristisch-strategisch over de badplaats verspreid, waarvan hij de eigenaar was, waren alle mededelingen aan het kopersvolk in zijn zeer eigen versie van de Franse taal gesteld. Iedere zin die hij in zijn moedertaal sprak was op zijn minst versierd met een 'Oh, là là!' of een 'Tiens, tiens!'

Hij ging gekleed in een jacquet en droeg in elk jaargetijde witte slobkousen op zijn puntige lakschoenen. Behalve voor het Frankrijk uit zijn jonge jaren, Mili, haar moeder en Mistinguett kwam er geen vriendelijk woord over zijn lippen. Hij haatte en verachtte de mensheid in het algemeen, de Duitsers en zijn echtgenote, die tot die natie behoorde, in het bijzonder. Hoewel ze bekwaam en ijverig mee hielp zijn winkelrijk te besturen, kon ze geen goed bij hem doen en hij sprak onveranderlijk over haar als 'mommaleur'. Het heeft wat tijd gekost voor ik er achter was dat dit vreemde woord zowel een Frans als een Duits ongeluk inhield.

Daar Opa Harry altijd wel woedend was op iets of iemand waren Mili en ik niet verbaasd hem al in de gang van haar huis te horen tieren toen we daar op een middag na school binnenkwamen.

We maakten ons net uit de voeten toen de kamerdeur openging en tante Eva naar buiten kwam. Met betraande ogen en bevende mondhoeken zei ze dat we niet naar boven mochten omdat we haar moesten helpen haar vader te kalmeren die ontzettend van streek was.

Mili en ik keken elkaar aan, we wisten dat ze klinkklare onzin sprak: Opa Harry was niet tot bedaren te brengen als hij het flink op zijn heupen had en zeker niet door ons, maar tante Eva was te zachtzinnig om eerlijk te bekennen dat ze de pret met ons wilde delen. Mili vroeg, zuchtend, wat er nu weer mis was.

'Er is eigenlijk helemaal niets mis,' giechelde haar moeder, 'oom Bobby komt terug.'

Oom Bobby, vertelde ze mij, was haar jongere broer. Hij was een tijdlang een heel zwart schaap geweest, 'de arme jongen,' en nu, hoewel hij zijn leven scheen te hebben gebeterd wilde zijn vader nog steeds niets met hem te maken hebben. Hij was bozer dan ooit omdat nu uitgekomen was dat het malheur, heimelijk en tegen zijn strenge orders in, steeds met de deugniet contact had gehouden.

Het was Opa Harry ontgaan dat zijn dochter het vertrek verlaten had en ook onze gezamenlijke intrede drong niet tot hem door. Hij lag te sissen en te kronkelen als een adder op de divan, gevangen in een dialoog met zichzelf die hij voortdurend in dezelfde volgorde herhaalde.

Het was verrukkelijk.

'Meneer moet zo nodig naar Turkije voor sigaretten...'

'Papa betaalt wel...'

'Meneer komt terug. Zonder sigaretten, zonder geld, maar met een fez op zijn kont.'

'Papa betaalt wel...'

'Meneer moet naar Amerika...'

'Papa moet alles vergeven en vergeten omdat meneer terugkomt met een vette garen-en-bandjodin.'

Opa Harry was een joodse antisemiet; dat kwam wel meer voor onder zijn tijdgenoten. Ze beleefden daaraan een betrekkelijk onschuldig genoegen dat de gaskamergeneratie niet meer gegeven is.

Mili en ik gingen voor de divan staan om vooral niets te missen, we waren te bedwelmd om aan lachen toe te komen, maar iedere keer dat het balanceren met de fez weer aan de orde kwam knepen we elkaar in de armen van puur genot, maar aan alles komt een eind. Opa Harry raakte buiten adem. Hij draaide voor het laatst, wat langzamer en met groter tussenpozen, zijn zinnen af tot en met: 'Meneer moet naar Amerika...' en toen kon hij niet verder, hij viel, vaalbleek met gesloten ogen, achterover. Tante Eva koerde, 'en hij komt terug met een wolkenkrabber op zijn je-weet-wel-wat' en dat was te veel voor Mili en mij, we rolden over de grond, ziek van het lachen.

Opa Harry kwam na een tijdje weer overeind en vroeg verbaasd waar we zo een pret om hadden. Daarna vroeg hij een kop koffie, dronk die rustig op en babbelde, voor zijn doen, heel vriendelijk met ons over koetjes en kalfjes en Mistinguett. Hij leek wat beschaamd over zijn wonderlijk gedrag. Slechts bij zijn vertrek kwam hij op de thuiskomst van de verloren zoon terug.

'Je kunt doen of zeggen wat je wilt, Eva,' zei hij, met de knop van de deur in zijn hand, 'ik wil toch niets te maken hebben met dat mauvais garnement.' Toen de deur achter hem dichtgetrokken was merkte tante Eva verheugd op dat hij Frans gesproken had en dat alles weer in orde was. We hadden haar geweldig geholpen, zei ze.

Het zwarte schaap was zo verstandig voor zijn terugkeer alle schulden te vereffenen. Toen hij aankwam in een lelieblanke auto sloot Opa Harry hem ontroerd in de armen en het malheur was voor het eerst sinds jaren gelukkig.

Voor Mili en haar moeder brak een opwindende tijd van feesten en uitstapjes aan. Tante Garen-en-band, (Mili noemde haar kortweg Garen en haar ware naam kwam ik niet te weten) was een van die schreeuwerige vrouwtjes die zich ongelukkig voelen als ze niet veel mensen om zich heen hebben. In een oogwenk slaagde ze erin het lawaaiige middelpunt van haar schoonfamilie en een grote kring gloednieuwe vrienden en vriendinnen te worden.

De enige die niet meedeed aan de algemene verbroedering was oom Wally, hij werd met de dag somberder en kwam zijn heil bij ons zoeken als zijn vrouw en dochter weer eens aan de rol waren.

'De wereld is de trap,' zei hij duister.

Hij vertelde van een ondeugend meisje dat, toen ze eindelijk weer bij haar moeder, drie hoog achter, terugkwam door deze woedend ontvangen werd met: 'De hele wereld spreekt er schande van,' waarop de, in het geheel niet berouwvolle, zondares geantwoord had:

‘Ach moeder, de wereld is de trap.’

‘Zo is het,’ vervolgde oom Wally, ‘iedereen heeft zijn eigen trap en die verdomde Bobby, die mijn hele gezin op stelten zet had geen rust voordat hij hier, waar hij een kleine jongen is geweest, met zijn rijkdom kon protsen.’ Mijn vader zei dat het toch wel prettig was voor de familie dat het Bobby nu zo goed ging. Oom Wally schudde het hoofd: ‘Ik kan er niets aan doen,’ zei hij, ‘maar ondanks alles zie ik er de neppo-bono duimendik opliggen.’

Van Mili hoorde ik dat hij zichzelf dagelijks een document deed toekomen waarmee hij het plezier van haar en haar moeder flink vergalde.

Als ik niet voortdurend naar Lucie gehunkerd had zou ik genoten hebben van mijn zomervakantie hoewel ik Mili, die een leven van jolijt leidde, veel minder zag dan gewoonlijk.

De zorg die hedendaagse ouders hebben voor de vrijetijdsbesteding van hun kroost, kwelde de mijne niet. Mijn vertier bestond eruit iedere zondagmiddag met mijn vader het Mauritshuis of de dierentuin te bezoeken. Door ons regenachtige klimaat kwam het Mauritshuis vaker aan de beurt. We kenden alle suppoosten met naam en toenaam en zij behandelden ons met de eerbied die trouwe kunstkenners toekomt.

De Haagse dierentuin onderscheidde zich gunstig van andere door, behalve een paar stoffige aapjes, een vos en een beer, geen gekooide dieren te herbergen.

De tuin zelf maakte een vrij verwaarloosde indruk

maar in de goed onderhouden kassen sleten we menig tevreden uur.

Ik zou verder het liefst de hele dag piano gespeeld hebben maar ik moest mijn schooltaken afkrijgen en ik had ook rekening te houden met de benedenburen, die me wel dikwijls verwenst zullen hebben. Naar de bioscoop mocht ik niet omdat die, naar mijn moeder stellig meende te weten, gevaar opleverde voor het gezichtsvermogen van jonge ogen en ze stond het zwemmen in zee alleen toe wanneer het land door een hittegolf geteisterd werd. De gedachte dat ik een saai bestaan had, is indertijd niet bij me opgekomen.

Naar het eiland ging ik niet meer, ik had het te druk met Lucie uit brandende huizen te redden of haar bruidsmeisje te zijn als ze met de Prins van Wales trouwde die toen nog vrijgezel was en de enige partij die voor haar in aanmerking kwam. Daar hij van koninklijken bloede was deed het er niet toe dat hij een goj was, dat bleek duidelijk uit het Boek Esther.

Mijn ouders leefden helaas in pais en vree met elkaar en ik had alle hoop op een bezoek naar Antwerpen laten varen toen er plotseling van onverwachte zijde hulp kwam.

Bobby en Garen waren met een deel van hun hofhouding voor een week naar Oostende gegaan en ze nodigden tante Eva en Mili uit een dagje over te komen, de chauffeur zou hen met de roomblanke Spyker halen en terugbrengen. Tante Eva vond het zonde dat twee plaatsen in het glorieuze voertuig onbezet zouden blijven en zei dat we deze kostelijke gelegenheid tot een gratis ritje naar onze familie niet voorbij konden laten gaan.

Het werd een koninklijke tocht. De auto was van binnen een nest van lila fluweel, er hingen kristallen vazen met roze anjers gevuld en tante Eva had een picknickmand meegebracht vol koude kip en taartjes. 'Je kunt nooit weten,' zei ze, 'met lekke banden en zo is het altijd veiliger wat eten mee te nemen.'

We hadden geen tijd gehad onze overval aan te kondigen en we kwamen mijn grootmoeder zeer ongelegen. Er zou diezelfde avond een zionistenvergadering bij haar plaats vinden en Rosalba was met de dienstmeisjes bedrijvig in de weer om stoelen op rijen te zetten toen we binnenkwamen, terwijl grootmoeder de kamers met blauwe en witte bloemen, de kleuren van de beweging, versierde. Herzl, de stichter van het zionisme, was bij haar in hoog aanzien, zijn portret hing naast dat van mijn grootvader. Daar deze ook een zwarte baard had gedragen en op de foto zijn best had gedaan zoveel mogelijk op de grote leider te lijken heb ik ze lang voor broers gehouden.

'O, hemel,' zei grootmoeder, 'deze keer kunnen jullie heus niet blijven, de spreker van vanavond logeert hier.' Mijn moeder deelde haar de blijde mare mee dat we nog dezelfde dag weer zouden verdwijnen en ik sloop het huis uit, naar Lucie toe.

Ze was niet thuis. Klembem had vooruit gezegd dat ze niet thuis zou zijn. Haar vader, Menie, Salvinia en Bertha waren er wel. Gabriel was naar Brussel, naar de beurs, zei meneer Mardell. Hij begreep mijn teleurstelling. Lucie was met een vriendin in Brugge, ze zou pas laat terug komen. Als ik haar tijdig gewaarschuwd had, zou ze haar uitstapje zeker hebben uitgesteld. Voor ik het besefte had ik hem alles verteld van Bobby en Opa Harry en zelfs van de documenten van oom Wally.

Meneer Mardell was een bekwaam luisteraar.

's Middags waren ook de tantes niet bepaald opgetogen ons weer te zien. Bij tante Sonja werd ik de tuin ingestuurd en toen ik terug kwam zat ze te snikken terwijl mijn moeder haar met troostende geluidjes over het hoofd streek. Oom Isi bewandelde nog steeds het pad der ondeugd.

We maakten nog het begin van de zionistenavond mee want Bobby en Garen konden node van Mili en haar moeder scheiden en we werden veel later afgehaald dan afgesproken was. Ik had een plaatsje gevonden van waaruit ik het huis van Lucie kon bespieden, ze kwam niet voor ons vertrek terug.

Onderweg was er geen tijd om bedroefd te zijn want tante Eva had samen met Mili veel te vertellen over de speelzaal, waar zij twintig franken gewonnen hadden en over Garen, die de avond tevoren een kostbaar parelsnoer was kwijtgeraakt, waar ze zich niets van aantrok want ze had er wel vijf, het een al mooier dan het ander.

'Het moet toch wel heerlijk wezen om zo rijk te zijn,' zei tante Eva, 'en ze is zo gul, ze heeft alles voor een ander over. Ze zou zo graag eens met jullie kennismaken.'

We zwegen; mijn vader had ons, uit solidariteit met Wally, alle omgang met die dame verboden.

'Een stuk falderappes' noemde hij haar en als hij dat van iemand zei was het zijn laatste woord.

Een paar dagen later kreeg ik een brief van Lucie waarin ze mij in de vleiendste bewoordingen haar spijt betuigde mijn onverwacht bezoek te zijn misgelopen. Ook grootmoeder schreef dat ze het jammer vond dat ze zo weinig tijd voor ons had gehad en nodigde ons uit te blijven logeren op haar verjaardag, eind augustus. Om mezelf nog een tegenvaller te besparen schreef ik meteen aan Lucie om te vragen of ze dacht juist in die tijd vakantie te nemen; haar antwoord was geruststellend; ze ging liever 's winters op reis en ze verheugde zich al bij voorbaat op onze lange wandelingen.

Nu moest ik nog tien dagen juli en drie weken augustus zien door te komen en er was niemand met wie ik over Lucie kon praten. Mijn moeder was tegen de hele vriendschap gekant en Mili vond het raar dat ik een oud mens zo aardig kon vinden.

'Jij vindt je tante toch ook aardig.'

Een tante was een tante, zei Mili, dat was geen vriendin. Nee, ze bleef het raar vinden. Met mijn vader kon ik over meneer Mardell praten hoewel het oude kost was die ik te slikken kreeg, want hij wist niet veel meer van hem te zeggen dan dat hij zo kunstzinnig was en al een feilloze smaak bezat in de tijd dat hij min of meer bevriend met hem was geweest, jaren geleden.

De zomerdagen kropen om voor het eindelijk zover was dat we op reis gingen. Op grootmoeders verjaardag die al haar kinderen en kleinkinderen weer onder het ouderlijk dak samenbracht, werd aan één stuk door gepraat, gelachen en gegeten. Alcoholhoudende dranken kwamen aan de feestelijkheid niet te pas, wel stromen koffie.

Algemeen werd ik onaardig en harteloos gevonden omdat ik op de grote dag van de familie naar een vriendin toe wilde gaan. Ik kreeg een halfuur verlof. Ik telefoneerde met Lucie en toen ik, bijna huilend, zei hoe kort ik mocht blijven, troostte ze me dat we in die tijd toch een heleboel konden bespreken. Ik vroeg wanneer ik bij haar zou komen en tot mijn verwondering zei ze me op onze wandelhoek te wachten om halfvier, omdat het onmogelijk was me deze keer thuis te ontvangen daar ze een groot geheim had waarvan haar vader niets mocht weten.

Ze had het haar afgeknipt.

'O, Lucie, zal je vader erg boos zijn?'

'Welnee, domoor, ik draag het al een hele tijd zo, hij vindt het juist wel aardig staan. Hoe denk jij erover?'

'Je hebt het laten permanenten.'

Ze had het ook laten bleken, strogele krullen omlijstten haar gezicht dat er vreemd uitzag doordat ze zich zwaar had opgemaakt. Ze was mijn Lucie niet meer. 'Ik vond het vroeger mooier.'

Ze schaterde het uit. 'Jij bent te conservatief voor je jaren. Kijk eens wie hier is?'

Ze sprak anders, ze lachte zelfs anders.

Een paar handen bedekten plotseling mijn ogen. Toen ik mij ervan bevrijdde en omkeek zag ik Gabriel.

Ook dat nog.

Gabriel was geen onaardige jongen en hij kon echt mooi over Antwerpen vertellen, maar dat ik Lucie met hem moest delen in dat kostbare halfuur, vond ik wel wat bar. Ik begroette hem stijfjes.

Hij leek niet meer op de engel Gabriel.

Hij was breder geworden, hij droeg een keurig lichtgrijs pak en zijn haar was met pommade bewerkt. Het zag er wel netter uit zo, maar veel alledaagser. Hij droeg een gouden zegelring met een groene steen waarin een grote G gegraveerd was. Zijn stem was ook veranderd.

Het was allemaal een beetje griezelig. Een halfuur was eigenlijk heel lang.

'Ben je niet nieuwsgierig?' vroeg Lucie. 'Kun je het niet raden?'

Nee, dat kon ik niet. Lucie stak haar arm door die van Gabriel. 'Haar moeten we het vertellen, nietwaar?'

Hij knikte: 'Ze heeft er genoeg toe bijgedragen.'

'Welnu,' zei Lucie, 'vooruit dan maar: Gabriel en ik houden al heel lang van elkaar en we zijn verloofd, maar voorlopig moet dat, zelfs voor mijn vader en zijn moeder, verborgen blijven.'

Als ze mij plotseling met een hamer op het hoofd geslagen had, zou ik niet meer onthutst zijn geweest. Haar ogen en haar half geopende mond glansden vochtig. De binnenkant van haar onderlip leek ziekelijk bleek tegen de cyclaamkleur van de lippenstift waarmee ze kwistig was tekeergegaan.

Trotse zelfverzekerde Lucie... ze zag er zo hulpeloos en zelfs een beetje dom uit.

Het was beangstigend en onbegrijpelijk.

'Zou je ons niet eens feliciteren?' glimlachte de paarse mond. Ik drukte hun uitgestoken handen en mompelde iets, dat, naar ik hoopte, passend was.

'Als je mijn goeie vriendin bent, mag je niet jaloers zijn,' vond Lucie. Verontwaardigd zei ik dat niet te zijn, alleen erg verbaasd. Gabriel beweerde dat best te kunnen begrijpen, hij wist zelf ook niet wat ze in hem zag. Ik vroeg waarom hun verloving geheim moest blijven voor meneer Mardell die toch zoveel van Gabriel hield.

'Daarom juist,' zei Lucie met het bekende boze trekje om haar lippen en Gabriel legde uit dat hij zich, juist omdat Lucies vader zoveel vertrouwen in hem stelde, verplicht voelde te tonen wat hij waard was voor hij hem om zijn dochters hand vroeg.

Daarna begonnen ze mij om het hardst te prijzen. Als ik er niet geweest was met die zondagmiddagwandelingen, hadden ze elkaar niet beter leren kennen. Ze waren me zo dankbaar; ze zouden me altijd als hun goede fee beschouwen, hun aller-allerbeste vriendin...

Waarom mocht Gabriels moeder het niet weten?

Omdat die haar mond niet kon houden. Als zij het wist was de dag erna de hele Pelikaanstraat op de hoogte, zei Gabriel en hij vroeg of het mij moeilijk zou vallen een geheim te bewaren. Nee, ze konden gerust zijn, ik zou het aan niemand verraden. We hadden, door de opwinding, heel hard gelopen en ik merkte verschrikt dat we ongeveer aan het eind van de Meir waren aangeland en dat ik onmogelijk om vier uur thuis zou kunnen zijn. Gabriel stelde voor de kleine kapel te bezichtigen waar Johanna de Waanzinnige niet getrouwd was, die lag vlakbij en ik was toch al te laat. Lucie weigerde omdat ze geen zin had een lokaal te bekijken waarin iemand niet getrouwd was, het zou haar misschien ongeluk aanbrengen als ze er nu heenging.

'Johanna is wel getrouwd,' doceerde Gabriel, 'maar niet in het allerliefste kapelletje dat hier voor haar in gereedheid werd gebracht en het zou eigenlijk veel beter voor haar zijn geweest als ze helemaal van dat huwelijk had afgezien'.

'Daar, zie je wel!' zei Lucie 'ik wil er beslist niet heen.'

'Wie praat er nu onzin?' vroeg Gabriel. 'Ik,' zei Lucie. 'Goddank, voor het eerst in mijn leven.'

Ze vergaten dat ik naast hen liep tot we weer op ons uitgangspunt waren aangekomen.

Er werd afgesproken dat Gabriel vooruit zou gaan terwijl Lucie tien minuten later naar huis zou komen.

'Kom je morgen pianospelen? Mijn vader zal het onhartelijk van je vinden als je in de stad bent en hem niet komt begroeten.'

Ik loog, dat ik niet wist of we er nog zouden zijn, de volgende dag. 'Ik kom wel kijken,' zei Lucie, 'en als je er nog bent moet je mee.' Ze bood aan mee naar binnen te gaan en de schuld op zich te nemen voor mijn te laat zijn, ik verzekerde haar dat ik het wel alleen af kon.

'Wees een beetje blij voor me,' smeekte ze, 'ik heb het niet zo gemakkelijk als je misschien wel denkt.' Ik bezwoer haar dat niemand ter wereld meer verheugd kon zijn over haar geluk dan ik het was. Het klonk niet erg overtuigend.

In huis vond ik een triest boeketje neven-en-nichten-in-feestkledij op de trap. Ze waarschuwden me niet naar boven te gaan, omdat ik toch weer weggestuurd zou worden, net als zij, met de strenge aanmaning muisstil te zijn.

'Het Persoon' was met oom Isi meegekomen en iedereen was kwaad. Ik had zoveel over het persoon gehoord, dat ik het eens met eigen ogen wilde zien, maar het ging niet aan dat aan het grut te zeggen. Schijnheilig beweerde ik mij verplicht te voelen naar boven te gaan omdat men wellicht ongerust zou kunnen zijn over mijn lang uitblijven.

Er heerste een doodse stilte in de volle kamer. Het standje dat ik verwachtte bleef uit en met een flauwe handbeweging gaf grootmoeder te kennen dat ik mocht gaan zitten.

Zij en de haren, oma Hofer en Rosalba vormden een grote kring langs de wanden van het vertrek. Zwijgend zaten ze voor zich uit te staren.

Er werd geen hap gegeten en geen slok gedronken. Oom Isi had de ongehoorde brutaliteit begaan zijn vrouw en kinderen naar het verjaardagsfeest te sturen en er later zelf in gezelschap van de dame van zijn hart te verschijnen. Zoiets was bij ons niet eerder voorgekomen en de schelm leek te genieten van de ontsteltenis.

'De mens zal zich voeden,' zei hij, terwijl hij een bord vol lekkernijen laadde die hij welgemoed begon op te peuzelen. De ongewenste gast won dadelijk mijn sympathie door spottend tegen hem te zeggen dat hij niet altijd over zichzelf spreken moest als 'de mens'.

'Als je dat blijft doen gaan we eraan twijfelen of je een mens bent en misschien ben je ook eigenlijk alleen maar een mooi dier.'

Een hoorbare rilling van afgrijzen voer door de achterhoede.

Noodgedwongen, er was geen stoel langs de muren vrij, zat ik midden in de kamer met de boosdoeners. Het persoon was klein en tenger en had goudblond haar. Ik stelde vast dat ze veel minder mooi was dan tante Sonja, die er altijd, en zeker op dit ogenblik, uitzag als een schone, droevige madonna. De blondine had een geestig kwajongensgezicht met een wipneus en enorme lichtblauwe ogen omlijst door lange zwarte wimpers. Die waren vals, met reepjes papier op haar oogleden geplakt, maar stonden haar geweldig goed. Ze babbelde met een hoge gemaakt kinderlijke stem honderduit tegen mij. Ik oogstte boze en verwijtende blikken van mijn bloedverwanten door hardop te lachen toen ze vertelde dat haar keukenmeisje gezegd had dat ze het complot midden op tafel zou zetten omdat het daar meer defect maakte.

Oom Isi staarde haar verrukt aan hoewel ze voortdurend allerlei dingen deed die hij zijn eigen vrouw ten strengste verbood. Ze rookte aan een stuk door, ze poederde haar neus en werkte haar lippen om de haverklap bij en ze had veel aan te merken op oom Isi's manieren. Ze zei hem onder meer dat hij haar ook wel een bordje lekkers had mogen brengen.

'Maar je eet immers niets uit angst om dik te worden,' verontschuldigde hij zich angstig. Ze pruilde dat een gentleman het haar in ieder geval zou hebben aangeboden en oom Isi, die zijn gezin terroriseerde, sloeg zijn bolle, brutale, donkere ogen verlegen neer en bloosde als een kind. Oma Hofer die stil zat te briesen hield het na een poosje niet meer uit. Ze stond met veel gedruis op en verklaarde dat ze wegging. Ze verzocht de rest van het gezelschap haar te volgen en kondigde mijn verslagen grootmoeder aan dat ze met z'n allen weer 's avonds terug zouden komen, 'wanneer we weer rustig onder elkáár kunnen zijn, dit is tenslotte een familiefeest.' Ze liep haar zoon en zijn onwettige gezellin voorbij of ze van lucht waren en de anderen, op mijn grootmoeder, Rosalba en mij na, volgden haar voorbeeld.

De blondine giechelde, toen de stoet vertrokken was, dat Isi haar nu ongehaast naar huis kon brengen. Ze had dolle pret. Ze bedankte mijn grootmoeder voor de amusante middag, wenste haar nog veel goede jaren toe en verdween, nog steeds giechelend, met haar aanbidder achter zich aan, in een wolk parfum.

'Alle ramen en deuren tegen elkaar open,' gebood grootmoeder, 'ik kan die stank niet verdragen.' Daarna kwam haar verontwaardiging los. Ik kreeg ervan langs omdat ik om het flauwe mopje gelachen had. Zelfs Rosalba, die het anders altijd voor me opnam, zei dat het schandelijk van me was geweest. Grootmoeder beklaagde zich over haar totaal bedorven verjaardag. Rosalba zei dat alle mannen varkens waren en oom Isi het grootste varken van allemaal.

De moed van oma Hofer werd geprezen, hoewel ze ervan verdacht werd het gewaardeerd te hebben dat de ellende op grootmoeders feest had plaatsgevonden. Het huilen stond mij nader dan het lachen toen ik de naaidozen van de twee verbolgen vrouwen van boven moest gaan halen. Aan deze nee-dag scheen geen eind te komen. Eerst die geschiedenis met Lucie en nu dit weer, ik kon het toch niet helpen dat ik had moeten lachen om die krompratende keukenmeid. Grootmoeders naaidoos was van ebbenhout, het deksel kunstig ingelegd met parelmoeren bloemen. Ze bewaarde daarin batist en de kostbare kanten waarvan ze haar jabots en zakdoeken maakte. De nimmer slinkende voorraad sokken die Rosalba te stoppen had was opgeborgen in een met gebloemd papier beplakte kartonnen doos, die ze eens op een van haar verjaardagen, met bonbons gevuld, cadeau had gekregen.

Grootmoeder in haar sierlijkste zijden japon en Rosalba, als steeds, in een witte blouse en een nauwe zwarte rok die tot op haar schoenen reikte, zaten tegenover elkaar bij een raam en bij het weerzien van de vertrouwde dozen week de ontstemming geheel en al. Ze zetten hun brillen op, zichtbaar verheugd weer gewoon aan de slag te kunnen gaan.

Ik merkte ineens dat ik honger had en vroeg of ik wat van de nauwelijks aangeroerde lekkernijen mocht nemen.

'De mens zal zich voeden,' zei mijn grootmoeder en begon plots zo smakelijk te lachen dat ze haar handwerkje moest neerleggen.

De waarheid kwam aan het licht. Ze bekende dat ze de grootste moeite had gehad het niet uit te schateren gedurende het bezoek van Isi en dat komieke mens. Want komiek was ze, dat moest Rosalba, die niet eens alles wat ze gezegd had verstaan had, ook toegeven. En elegant! Dat zandkleurige mantelpak kon geen cent minder dan vijfhonderd gulden gekost hebben en natuurlijk had Isi het betaald, geloof dat maar. Sonja was veel mooier en een uitstekende vrouw en moeder, maar toch was mijn grootmoeder, naar zij beweerde, objectief genoeg om te begrijpen dat zij haar man dikwijls moest vervelen met haar eeuwige braafheid. Het hek was van de dam. Hoewel ze haar goede eigenschappen om strijd prezen aan het begin van iedere zin, werden de tekortkomingen van tante Sonja door grootmoeder en Rosalba danig onder de loep genomen. Nadat ze daarmee hun leedvermaak gerechtvaardigd hadden, herkauwden ze het gebeurde nog eens van begin tot eind tot ze tevreden in slaap vielen. Ik zat naast Rosalba op een hoog krukje, een streng wol om mijn armen. Met het kluwen dat ze aan het winden was nog in de hand zat ze, het hoofd op de platte borst, te snurken. Rosalba's gesnurk bestond uit een ijl gefluit dat uit haar neus scheen te komen en tegelijkertijd brachten haar lippen een pruttelend geluid voort.

Grootmoeder, minder virtuoos, haalde slechts zeer diep adem en kreunde nu en dan zachtjes. Ik had geleerd dat weinig euveldaden iemand op aarde of in het hiernamaals zo zwaar worden aangerekend als het storen van oude mensen in hun slaap. Voorzichtig liet ik de wol op mijn schoot glijden maar verder durfde ik geen vin verroeren.

Aan de overkant was een apotheek op de hoek van een zijstraat. In de etalage die aan onze laan lag prijkten twee reusachtige glazen flacons, waarvan een met een oranje en de andere met een blauwgroene vloeistof gevuld was.

Ze vingen het zonlicht in hun kleurige buiken en ik keek ernaar tot ik regenbogen zag als ik mijn ogen sloot. Daarna bleef er weinig over om te bekijken, behalve het portret van mijn grootvader, dat achter grootmoeders stoel aan de muur hing. Hij was voor mijn geboorte gestorven en er was niets van hem over behalve een paar schampere gezegden die als orakelspreuken bij ons voortleefden en de smalle rechte neus waar zijn nakomelingen prat op gingen als ze zo fortuinlijk waren op hem te lijken. Mijn voeten vielen in slaap, maar de rest bleef hardnekkig wakker. Ik was er net aan toe een ontvluchtingspoging te wagen toen ik merkte dat de beide vrouwen niet meer snurkten. Mijn grootmoeder hing scheef in haar leunstoel, de mond wijd open. Rosalba leunde, slap als een marionet, tegen het raam. Ze waren lijkbleek; ze waren dood en iedereen zou mij ervan verdenken ze stilletjes te hebben omgebracht, als ik niet om hulp ging. Daarentegen, als ik de lijken alleen liet zou me dat ook zeer kwalijk worden genomen.

Het was wel droevig, dat mijn arme grootje op haar verjaardag moest overlijden en treffend dat haar trouwe hulp haar zelfs in de dood niet in de steek liet, maar ik zou er de schuld van krijgen en in de gevangenis belanden; of stoppen ze een minderjarige in een verbeteringsgesticht?

Wat een schande moest het zijn, een dochter te hebben die al op twaalfjarige leeftijd twee vrouwen vermoord had en nog wel zulke brave wezens, die haar niet anders dan vriendelijk hadden bejegend! Ik was zeer met het lot van mijn ouders begaan, meer dan met dat van mijn slachtoffers, toen Fredie en Charlie luid 'lang zal ze leven' zingend binnenkwamen.

Grootmoeder en Rosalba herrezen uit de dood en op de plagerige vraag van Fredie of zij lekker geslapen hadden, zeiden beiden dat zij geen oog hadden dichtgedaan, zij hadden gehandwerkt, de gehele middag gehandwerkt, nietwaar, Gittel?

Met twee onopgehelderde moorden op mijn geweten kon ik dat met een stalen gezicht beamen.

'Zo beter?' vroeg Lucie, de volgende morgen op weg naar de overkant. Ze had weer haar eigen dierbaar gezicht en haar haren kroesden veel minder uitbundig.

'Veel beter.'

Ze zei dat ik een bazig nummer was en herinnerde me, geheel overbodig, aan mijn eed van trouw. Ik had er onrustig van geslapen.

Meneer Mardell vond dat ik er niet goed uitzag. 'Te veel gesnoept?' Dat ook en het was zo'n rommelige dag geweest.

Had ik hem iets te vertellen dat ik grappig vond, zoals vorige keer over die meneer die zichzelf brieven schreef?

Hoe kon hij denken dat ik die nare malligheid grappig vond! Ik hoefde me niet te schamen dat te bekennen, zei meneer Mardell. Het was veel nuttiger het komische element uit een minder prettige ervaring te puren dan de niet aanwezige zonzijde ervan trachten op te sporen, zoals algemeen werd aanbevolen door mensen die beter behoorden te weten. Ik wilde hem niet tegenspreken hoewel ik het totaal oneens met hem was. Ik had hem zomaar voor de vuist weg een heel rijtje ervaringen op kunnen noemen waar niet om te lachen viel. Naar school gaan; Arons dood; de schimpscheuten van de familie op mijn vaders wankel zakenbeleid; Lucies verloving...

In plaats daarvan kreeg hij een getrouw verslag van oom Isi's misdaad en ik werd net beloond met een applausje voor mijn weergave van oma Hofers 'Ik vertrek en verzoek de aanwezigen mij te volgen,' toen Lucie binnenkwam met de mededeling dat mijn moeder haar telefonisch had verzocht mij onmiddellijk terug te brengen omdat we door onvoorziene omstandigheden met de eerstvolgende trein weer naar Holland zouden vertrekken.

Meneer Mardell stond erop dat ik zou opbellen om naar de oorzaak van de overhaaste aftocht te vragen. Hij dacht dat mijn vader ziek was geworden, ik vermoedde een verschil van mening met de een of de ander. We hadden het beiden mis.

's Avonds zou er een groot feest plaatsvinden ten huize van oom Wally en in een telegram verzocht hij mijn moeder daarbij aanwezig te willen zijn. 'Dat is tenminste een prettige reden,' zei meneer Mardell. 'Wat een zucht!'

'Het is hier altijd zo stil.'

'Ja, dat zult u weleens wat vervelend vinden.' Ik moest naar geschikte woorden zoeken om hem te laten begrijpen dat ik die rust juist zo prettig vond. Mili had gelijk – het was moeilijk om met oude mensen bevriend te zijn. Ze begrepen al wat je zei half of verkeerd. 'Moet ze Gabriel niet even begroeten, nu ze ons al zo spoedig gaat verlaten?'

'Nee, vader,' zei Lucie, 'ze moet nu heus dadelijk weg, anders zal haar moeder erg boos zijn.' Ik kreeg een kleur tot achter mijn oren, die nog heviger werd toen ik zag dat meneer Mardell me vermaakt en een beetje meewarig aankeek.

'Ik geloof dat ze hem graag even wil zien.'

'O nee, o nee...', ik begon ervan te transpireren.

‘Wat mankeert je opeens?’ vroeg Lucie, geërgerd.

‘Ik moet echt, heus weg.’ Ik schudde gehaast hun handen en holde de kamer uit.

Meneer Mardell dacht dat ik een oogje op Gabriel had.

Bij onze thuiskomst bleek dat oom Wally vrede had gesloten met zijn zwager.

‘Pack schlägt sich und verträgt sich,’ zei mijn vader. Hij kon slechts met moeite overgehaald worden het verzoeningsfeest bij te wonen, maar de volgende morgen vertelde hij aan het ontbijt dat Bobby hem erg meegevallen was. Ze hadden heel verstandig gepraat over de mogelijkheid om zaken te doen met Amerika, maar die vrouw was en bleef een stuk falderappes waar je niet mee kon omgaan als fatsoenlijk mens.

Het eind van de vakantie was in zicht toen we het doodsbericht van barones Bommens ontvingen. ‘Juichend staat zij nu voor Gods troon’, werd ons daarin verzekerd. Ze zou zeker veel harder juichen als ze de baron weer terugzag.

Mijn vader schreef een gevoelige brief aan de nabestaanden en uit het antwoord daarop van ‘onze Bommens’ werden we gewaar, dat het huis met meubels en al verkocht zou worden; Lucien en Robert gingen naar een internaat en madame Odette was al enige dagen werkzaam in zijn café...

Als we weer bij grootmoeder logeerden, zouden we naar een andere vluchthaven moeten uitzien.

'Een deur werd voor eeuwig gesloten,' prevelde ik voor me heen, 'door de kille Hand van de Dood.' Dat vond ik zo mooi droevig en treffend geformuleerd, dat ik in tranen uitbarstte. Mijn verbaasde moeder zei niet beseft te hebben, dat ik zoveel om de oude dame gegeven had.

Het heengaan van de barones greep me zo sterk aan dat ik zelfs enig medelijden kon opbrengen voor Lucien en Robert die het wel zwaar te verduren zouden krijgen op dat internaat. Madame Odette, die na een weelderig bestaan geleid te hebben plotseling hard moest werken voor de kost, beklaagde ik van ganser harte.

Ik bracht de laatste vakantiedagen rouwend door.

'Volwassen zijn geeft veel narigheid maar je hoeft tenminste niet naar school,' zei ik tegen Mili toen we voor het eerst weer onze dagelijkse gang naar dat gehate gebouw ondernamen. Mili was het daar niet mee eens. Ze ging graag naar school en groot zijn leek haar ook heel plezierig toe. Je kon zo laat opblijven als je wilde en autorijden en naar feesten gaan wanneer je zin had. Ik sprak haar niet tegen, hoewel ik beter wist. Volwassen zijn was: leugens vertellen, kwaadspreken, geldzorgen hebben en buikpijn. Ik had sinds een paar maanden last van een bijzonder akelig soort pijn in de onderbuik. Mijn moeder zei dat daar niets aan te doen was, dat het kwam door de natuur omdat ik binnenkort een volwassen vrouw zou zijn. Het was een *blauwe* pijn, ik begreep niet hoe alle vrouwen die ik kende er zo vrolijk bij konden lopen als ze daar aldoor aan moesten lijden. Je wende er zeker aan op de duur.

Mili vroeg hoe het met mijn Antwerpse vriendin ging en ik zei dat het een geheim was waar ik niet over mocht spreken.

'Dan niet,' ze haalde haar schoudertjes op, 'ik zie je wel weer eens.' Ze draafde naar een van haar klasgenotjes toe.

Om twaalf uur liep ze tergend lachend en fluisterend met twee meisjes een paar passen voor mij uit naar huis. Ik had spijt over mijn opmerking. Het was onaardig van me geweest en opschepperig om over dat geheim te spreken. Dom ook, stel je voor dat ze het thuis vertelde en dat het langs een of andere omweg meneer Mardell ter ore kwam.

De twee andere kinderen sloegen een zijstraat in en Mili liep dapper fluitend alleen verder. Ik haalde haar in.

'Wees maar niet meer boos. Ik was flauw.'

'Ja, dat was je, en niet zo'n beetje ook.'

'Zijn we nu weer goed?'

'Ja-a,' zei Mili, aarzelend, 'en toch is het een rotmens.' Daarover zouden zeker nog enige boze woorden gewisseld zijn, als we niet net op hetzelfde ogenblik oom Wally en tante Eva de deur van mijn ouderlijk huis hadden zien binnengaan.

'Ze komen mij zeker afhalen,' zei Mili, 'wel gek eigenlijk terwijl we zo dichtbij wonen.'

'Er zal wel iets naars gebeurd zijn.'

Deze keer had ik het bij het rechte eind. Doodsbleek stonden de vier ouders in het kleine, overvolle vertrek dat door ons de salon genoemd werd.

'Ze zijn weg,' zei tante Eva hees.

Bobby en Garen waren met de noorderzon vertrokken. Nadere inlichtingen werden niet verstrekt.

Tante Eva deelde met een droeve glimlach repen chocola uit en daarna werden Mili en ik weggestuurd. In mijn slaaphokje, waar nauwelijks plaats voor ons was, ging Mili voor het raam staan met haar rug naar mij toe. 'Oom Bobby was een enige man,' zei ze, 'en ik wil geen woord kwaad over hem horen,' en daarop prevelde ze met een bevend stemmetje het vers waar ze altijd troost uit putte als ze die nodig had:

Tien jaar ben je een kind,
Twintig, ben je bemind,
Dertig, ben je getrouwd,
Veertig, ben je al oud.
Vijftig, krijg je ongemakken,
Zestig begin je af te zakken,
Zeventig ga je een trapje af,
Tachtig lig je in je graf.
Negentig kun je misschien nog beleven,
Maar honderd is je haast nooit gegeven.

VIII

De mark kelderde en oom Wally kwam ons een paar dagen later vertellen dat hij besloten had in Duitsland te gaan wonen. Met grote voortvarendheid maakte hij al zijn bezittingen te gelde en voor we het goed besef- ten was hij met zijn gezin vertrokken. Mili's juffie bleef verslagen in Nederland achter. Ze had een betrekking als winkeljuffrouw in een kleine manufacturenhandel aangenomen. 'Ik wen nooit meer aan een ander gezin,' snotterde ze. Ze kwam als ze een vrije middag had bij ons op bezoek. Terwijl ze vroeger amper notitie van me genomen had, deed ze nu pijnlijk nederig haar best om in de pas te komen. Ze bracht iedere keer een naargees- tig geschenkje mee, een nuttig voorwerp, afkomstig uit de winkel waar ze met zoveel tegenzin werkte; een maasbal, spelden of een kaartje drukknopen waar ik slechts met veel moeite een verheugd bedankje voor kon opbrengen. Mijn moeder beweerde bovendien dat het ongetwijfeld gestolen waar was en sprak de hoop uit dat de politie er niet achter zou komen daar ik anders gear- resteerd zou worden wegens heling. Juffie was zelfs in haar goede dagen een onaantrekkelijk scharminkeltje geweest, nu met chronisch behuilde ogen en een vuurrode neus had ze veel weg van een vogelverschrikker. Alle foto's die er van Mili bestonden, puilden uit haar versleten handtasje en als ze een briefje van haar kreeg las ze ons dat, snikkend, een paar keer achtereen voor.

De prentbriefkaarten die Mili mij een enkele keer stuurde werden door juffie met zulke jaloerse, begerige blikken bekeken dat ik ze haar afstond. Mijn ervaring met Lucie had me geleerd wat het betekent te moeten hunkeren naar een bericht van een geliefd wezen. Sinds Lucies verloving was mijn aanbidding voor haar bevroren, vooral omdat ik weinig tijd over had om verdrietig te zijn sinds we andere benedenburen hadden gekregen. De vorige waren door Czerny en Clementi verdreven en met de nieuwe, een jeugdig, uithuizig journalistenechtpaar, had ik een goede regeling kunnen treffen; ik moest hun beloven niet te spelen wanneer ze de verslagen voor hun krant aan het componeren waren en verder kon ik tekeergaan zoveel ik wilde.

Eens per week kreeg ik pianoles. Mijn leraar was zo oud dat hij Koning Willem III nog had voorgespeeld. Bij die gelegenheid had de vorst hem een gouden horloge gegeven, dat hij steeds bij zich droeg: als hij tevreden over mijn vorderingen was mocht ik het bekijken wat ik met veel ontzag deed, hoewel er niet veel aan te bewonderen viel.

Inmiddels werden de gevolgen van mijn vaders wijze van zakendoen steeds rampzaliger. Hij zuchtte 's avonds hartverscheurend als hij met zijn postzegelverzameling bezig was. Banning Cocq en oom

Salomon verschenen steeds vaker ten tonele en mijn moeder maakte plannen om voorgoed met mij naar Antwerpen te verhuizen. Ik wist niet of ik daar deze keer blij om moest zijn; ik wist ook niet of ik Lucie zou durven opzoeken. De beslissing werd mij uit de hand genomen.

Juffie kwam op een middag waarop wij haar niet verwachtten bij ons binnenstormen met in iedere hand een grote bos linten in verschillende kleuren.

Ze bleef midden in de kamer staan en riep uit dat ze was vrijgekocht. Uit haar daarop volgende, verwarde kreten konden we ten slotte opmaken dat oom Wally in de manufacturenhandel verschenen was als de wrekende gerechtigheid. Hij had de patroons door wie ze in het geheel niet slecht behandeld was, tot haar verrukking uitgemaakt voor bloedzuigers en parasieten. 'Dit was een bloeiende jonge vrouw toen ik haar verliet. Wat is ze nu? Een levend skelet!' had hij uitgeroepen en nadat hij hun drie maanden salaris voor de voeten geworpen had, was juffie door hem meegenomen naar een restaurant waar hij haar, volgens haar zeggen, ineens alles had willen laten eten wat ze het afgelopen halfjaar tekort was gekomen. De linten die ze juist in de winkel aan het etaleren was, had ze per vergissing meegenomen (mijn moeder keek mij veelbetekenend aan) en omdat ze nooit weer een voet over de drempel van dat ongeluksoord wilde zetten, zou Mili ze krijgen.

Na de maaltijd moest oom Wally belangrijke zakenrelaties spreken en juffie was door hem naar ons afgevaardigd om zijn bezoek voor diezelfde avond aan te kondigen.

Ze zou de volgende morgen met hem naar Berlijn vertrekken 'eerste klas gereserveerd' en hij had haar streng verboden die laatste nacht nog in haar logement door te brengen. Ze moest en ze zou in hetzelfde dure hotel logeren waar hij zijn intrek genomen had.

Ze was dronken van gelukzaligheid.

Voor ze weg ging bood ze mij nog een van de linten aan en toen ik daarvoor beleefd doch beslist bedankte, zei ze, 'ach ja, je hebt eigenlijk gelijk ook. Die pastelkleuren staan je toch niet. Je had veel beter een jongen kunnen zijn, met dat rare brede gezicht.'

Wij wachtten in spanning oom Wally's komst af.

Toen hij laat in de avond verscheen, zag hij er indrukwekkend uit, precies zoals ik mij een grootindustrieel altijd had voorgesteld. Een grote astrakanbontkraag sierde zijn splinternieuwe donkerblauwe winterjas, een lichtgrijze castoren hoed zijn hoekig hoofd, een dikke gouden knop zijn zeer gele wandelstok.

'Ik heb maar even tijd,' zei hij, na ons haastig begroet te hebben, 'maar van Wally zal nooit gezegd worden dat hij oude vrienden die in de misère zitten, in de steek laat. O nee, spreek me niet tegen, jullie zitten in de misère, dat zie ik met één oogopslag.' Hij wendde zich naar mij: 'Vertel het maar eens aan oom Wally, ga jij niet binnenkort met je moeder naar Antwerpen?'

'Ja, oom Wally, overmorgen.'

'Daar!' triomfeerde hij, 'wist ik het niet?'

Hij had zich inmiddels van zijn buitenste glorielaag ontdaan en vertoonde zich nu in alle heerlijkheid van een caramelkleurig pak en een rood zijden overhemd. Nadat hij minzaam thee met ons gedronken had, zei hij: 'En nu moeten jullie luisteren.'

Hij praatte lang en luid maar mijn vader was niet te overtuigen.

'Ik word vervolgd door het ongeluk,' mompelde hij, 'ik zie langzamerhand in dat het geen zin heeft te trachten mijn noodlot te ontvluchten.' 'Ja, ja,' zei Wally, 'als je bakker werd zou niemand meer brood mogen eten, dat heb ik al zo vaak van je gehoord, maar nu is de tijd gekomen om een vicieuze cirkel te doorbreken. Denk eens aan hoe heerlijk het voor Gittel zal zijn om in Berlijn muziek te kunnen studeren.'

Ik werd naar bed gestuurd en de volgende morgen vertelde mijn moeder dat na rijp beraad besloten was dat wij ook naar Duitsland zouden gaan. Ons bezoek aan Antwerpen werd afgezegd.

Drukke weken volgden, ik nam bewogen afscheid van mijn vriendelijke oude muziekleraar en het enige dat me met het wilde plan verzoende was de gedachte dat ik Mili weer zou zien. De laatste dagen in onze onttakelde kamers waren wel opwindend en de eerste grote reis in een internationale trein ook, maar mijn moeder was de enige van ons die ongeremd genoot. Zij was gelukkig zodra ze de lucht van een station opsnoof.

We werden door Mili en haar ouders van de trein gehaald.

‘We hebben een riffineuze flat voor jullie gehuurd,’ vertelde Wally, ‘en zo goedkoop, vijf miljoen in de week.’

Wij moesten nog wennen aan die astronomische getallen, maar het was inderdaad een zeer aantrekkelijke woning waar ze ons heen brachten. We werden verwelkomd door de eigenaars, een oude dame en haar zoon, Helmut. Deze bewoonden nu nog slechts twee kamers van de weelderige flat en ze waren verheugd een familie ‘steinreicher Holländer’ tot huurders te hebben. Overal waar er maar plaats voor was lagen Perzische kleden en het stond stampvol splinternieuwe citroenhouten meubelen. Helmut vertrouwde ons spoedig toe zo weinig fiducie te hebben in de marken, dat hij het raadzamer achtte zijn gehele kapitaal in goederen om te zetten.

Mili en ik hadden elkaar met goedgespeelde onverschilligheid begroet en pas toen we in het citroenhout van mijn ruime, elegante slaapkamer waren aangeland, zei ze stroef: ‘Toch wel prettig, dat je er weer bent, al wonen jullie nu mooier dan wij.’ Ze hielp mijn matrozenpakken ophangen die er verdwaald uitzagen in de meer dan levensgrote spiegelkast.

Helmut stelde ons, toen we weer beneden kwamen, voor aan zijn verloofde, een bleek, schichtig wezentje dat voor hem en haar aanstaande schoonmoeder draafde.

‘Aber heiraten tu ich sie nie,’ zei hij, toen ze weer eens in de keuken verdwenen was. Al met al was het een verwarrende avond en ik was blij toen ik eindelijk in bed lag.

De volgende morgen vertrok mijn vader vroeg naar oom Wally die hem zou voorstellen aan machtige zakenlieden.

Ik zou als vanouds met Mili naar school gaan en tante Eva had zelfs al een muzieklerares voor me opgezocht en een afspraak met haar gemaakt voor de middag van onze eerste dag in Berlijn.

Mili's moeder knuffelde me toen ze dat goede nieuws vertelde en zei overtuigd te zijn dat ik me toch pas echt gezellig thuis zou voelen in Berlijn wanneer ik wist dat ik weer goede pianolessen zou krijgen.

De lerares heette Knieper en volgens de inlichtingen die tante Eva over haar gekregen had, was ze vroeger zelf een bekend concertpianiste geweest en bezat ze nu een uitstekende naam als pedagoge. Ik kon mij met een gerust hart verheugen op de ontmoeting met mevrouw Knieper daar mijn Haagse leraar zo wijs was geweest mij bij ons afscheid op het hart te drukken vooral even goed mijn best te doen voor zijn opvolgers als voor hem.

We gingen er gevieren heen.

Ze woonde niet ver van Mili af, gelijkvloers, in een zelfde woonkazerne. We werden binnengelaten door een mager jongetje met een smal muizengezicht en glad achterover gekamd nat haar. Hij begroette ieder van ons met een diepe buiging. Daarna bracht hij ons naar een kleine hal waar houten stoelen stonden met biezen zittingen. Hij verzocht ons plaats te nemen en even geduld te hebben omdat zijn moeder nog bezig was les te geven.

Hij wees op een spitsboogvormige houten deur waarop in koperen kopspijkers uitgevoerde gothische letters 'Musikzimmer' te lezen viel en daaronder: 'Ruhe!' Schumann's 'Aufschwung' werd achter de deur danig mishandeld.

De jongen vroeg ons hem te willen excuseren daar hij huiswerk te maken had en voor hij wegsloop kregen we nog een gezamenlijke buiging. Hij vergat licht aan te draaien en in het duistere halletje konden we meeluisteren naar de eerste acht maten van 'Aufschwung' die steeds opnieuw met dezelfde fouten herhaald werden. Plotseling werden ze anders gespeeld, voorzien van de fouten, maar met een meesterlijke aanslag terwijl een boze stem meezong:

Het pianospel hield op en na een korte, felle woordenwisseling die we, tot onze spijt, niet konden volgen, ging de deur open en een jong meisje met een muziektas onder haar arm geklemd schoot snikkend, rakelings langs ons heen naar buiten toe. De deur werd woedend achter haar dichtgegooid. Tante Eva zei lachend dat ze van de schrik een groot stuk van haar bontkraag had ingeslikt en Mili stopte al haar vingers in haar mond om het niet uit te proesten. Mijn moeder had ook veel plezier in het geval, maar ik wist dat ik tot het eind van mijn dagen de woorden van dat eigenaardige couplet in het thema van 'Aufschwung' zou horen, en het was een van mijn lievelingsstukken.

Het duurde enige tijd voor de deur weer openging en een forse vrouw naar buiten kwam.

'Volgt u mij,' zei ze koel.

We liepen deemoedig achter haar aan, een lange kamer in waar twee vleugels, door hun ongewone opstelling met de toetsenborden naast elkaar, bijna de hele breedte in beslag namen. Verder stond er een met donkerbruin zeildoek beklede divan. Onder en op de vleugels lagen stapels muziek en langs een wand waren rekken aangebracht gevuld met boeken in gelijke zwart-en-gouden banden die de indruk gaven per meter te zijn gekocht.

Met een bevende stem, waarin haar lachbui nog natrilde, stelde tante Eva ons aan mevrouw Knieper voor, die er uitzag als een verkouden leeuwin.

Ze droeg een pseudo-Grieks gewaad van grijs flanel. Ze zei dat het haar gewoonte niet was aspirant-leerlingen te ontvangen die naar haar toekwamen vergezeld door een regiment. Voor mijn geval wilde ze een uitzondering maken omdat ik van het platteland kwam en de weg niet kende. Met een enkele handbeweging in de richting van de divan gaf ze te kennen dat het regiment daar kon bivakkeren en zich verder met de gang van zaken niet had te bemoeien.

Ze ging aan een van de vleugels zitten, wenkte mij

naar haar toe te komen en nam me van top tot teen op.

'Zo,' smaalde ze, 'dus hier hebben we dan het wonderkind.'

'O nee, mevrouw, ik ben helemaal geen wonderkind,' zei ik, verschrikt; mijn oude leraar had me een heilzame afkeer voor die ongelukkige wezentjes bijgebracht. Per ongeluk had ik het enige juiste antwoord gegeven. 'Soms kunnen kinderen verstandiger zijn dan zogenaamd volwassenen,' zei mevrouw Knieper. Ze keek mij opeens veel vriendelijker aan maar schudde haar manen tegen tante Eva; die lieve ziel had mij bij haar vorige bezoek opgehemeld en zich daardoor de toorn van de Knieperse op de hals gehaald.

Tussen de muziek op de vleugel waar ik tegenaan leunde prijkte een grote foto waarop, naar de smaak van de tijd, wazig en onduidelijk de omtrek van een leeuwinnenachtig hoofd zichtbaar was. 'Mag ik uw foto dichterbij bekijken?' vroeg ik en weer had ik in de roos geschoten.

'In-tee-ree-sant,' glimlachte mevrouw Knieper voldaan, 'dat je denkt dat ik dat ben. Dat denkt iedereen, maar ga gerust de foto wat dichterbij zien.'

Het drietal op de glibberige divan schonk mij bewonderende blikken omdat het mij gelukt was haar in zo korte tijd te temmen. Ik nam de foto op en bedierf meteen alles, door te zeggen: 'O nee, het is Leona Frey, ze lijkt helemaal niet op u.' Door de nevel van de fotograaf heen had ik de wijze ogen en de geestige mond van de beroemde pianiste herkend. Haar wilde manen vielen echter, op dezelfde manier op haar schouders neer als die van mevrouw Knieper en ze droeg ook een Grieks gewaad.

Aan de onderkant van het portret had Leona een hoogdravende opdracht aan haar 'geliebte Kollegin' gericht in het spinnenpootachtige handschrift dat veel vermaarde vrouwen gemeen hebben.

Mevrouw Knieper zei giftig dat Leona en zijzelve regelmatig voor tweelingen gehouden werden en dat ik nu maar eens moest doen waarvoor ik gekomen was, namelijk haar voorspelen, omdat ze geen tijd of lust had langer domme praatjes aan te horen.

Ze luisterde met gesloten ogen naar de eerste twee bladzijden van Beethovens rondo in C grote terts, wuifde dat het voldoende was en vroeg welk werk mijn leraar zich voorgesteld had met mij door te nemen als ik op het platteland gebleven was.

'Bachs Italiaans concert,' zei ik, met enige trots.

Op een zoet toontje dat me had moeten waarschuwen vroeg mevrouw Knieper: 'Waarom niet meteen de "Appassionata"?' Ik liep prompt in de val. 'O, denkt u heus dat ik dat zou kunnen?'

Ze lachte een harde, boze lach en beduidde mij naast haar te komen staan.

'Wanneer een begaafd pianist twintig jaar lang onder de beste meesters gestudeerd heeft, en bovendien de kelken van leed en vreugde die het leven aanbiedt tot de bodem heeft geledigd, dan nog zou zo iemand aarzelen om de "Appassionata" te spelen, en jij, dom kind, denkt dat je dat nu al zou kunnen.'

Haar gespierde handen grepen mijn schouders en schudden mij flink door elkaar. Aan haar adem was te merken dat ze voor onze binnenkomst enige kelken tot de bodem geledigd had, gevuld met brandewijn. Ze bleef vijf minuten achtereen aan het woord en maakte mij, in die korte spanne tijds, vakkundig met de grond gelijk.

Mijn omgeving die mij schromelijk verwende en overschatte kreeg ook enige ferme vegen uit de pan. Ze zei ten slotte, dat ze wel kans zag veel ernstige fouten die mijn spel ontsierden in enige jaren aanmerkelijk te verminderen, niet alle helaas; sommige waren vastgeroest. Daarop vroeg ze drie maanden honorarium vooruit, een indrukwekkend aantal miljoenen, dat door mijn moeder zonder blikken of blozen werd uitbetaald. Voor ons kwam een miljoen meer of minder er niet op aan.

Mevrouw Knieper verkondigde dat ik eens in de week onderricht van haar kon krijgen op hetzelfde uur en dat ik voor de eerste les drie toonladders moest instuderen. Een halfjaar lang zou ik niets anders mogen spelen en voor we weggingen wilde ze ons laten horen hoe er gemusiceerd kon worden door iemand van mijn eigen leeftijd.

Ze ging naar de deur, brulde: 'Hänschen!' en het muizenjong kwam binnen.

'Je hebt gehoord hoe dit meisje Beethoven probeerde te spelen, doe jij dat nu eens zoals het hoort,' gebood zijn moeder hem. Hänschen liet zich niet bidden. Uit het eenvoudige rondo'tje puurde hij al de serene rust en liefelijkheid die het bevat, en de kronkelingen van het lastigste loopje waar ik altijd mee tobde, bezorgden zijn vaardige vingertjes in het geheel geen moeilijkheden.

Ik was er kapot van.

Nadat Hänschen met een waardig knikje, als dank voor ons applaus, de kamer weer verlaten had, keek zijn moeder mij doordringend aan.

'Wel, wat zeg je daarvan?'

Tante Eva snelde mij te hulp. 'Heel mooi,' zei ze.

Mevrouw Knieper beet haar toe dat ze het woord tot mij had gericht.

Met bloedend hart moest ik erkennen dat het prachtig was en dat Hänschen nu al tot de grote pianisten behoorde.

'Dat is tenminste eerlijk,' prees ze. 'Ja, hij heeft een uitzonderlijk talent. Ik houd hem nog een jaar bij mij en dan neemt Leona hem onder haar persoonlijke leiding. Nu kun je vertrekken en ik verwacht je hier volgende week terug met drie toonladders, zonder begeleiding.'

Ze lachte luid om haar eigen grap en met een van haar veelzeggende handbewegingen veegde ze ons de kamer uit. In het halletje was het aardeduister geworden, met horten en enige pijnlijke stoten werkten we ons ten slotte naar de huisdeur toe.

Op straat staarde mijn moeder, die haar valk tot de minste der uilen had horen verklaren, tragisch zwijgend voor zich uit.

Tante Eva putte zich uit in verontschuldigingen en

bood aan de vooruitbetaalde lesgeld-miljoenen te restitueren, want het was ondenkbaar dat ik naar die feeks-van-een-Knieper zou teruggaan; maar ik stond erop les van haar te krijgen en huichelde onbevreesd voor haar te zijn.

Mili zei dat ze Hänschen een snertjoch vond en dat ze nog nooit in haar leven iemand zo rottig had horen pianospelen.

Een volkomen onrechtvaardig oordeel dat ons zeer opmonterde.

De week die op het bezoek aan de Kniepers volgde, brachten mijn moeder en ik door in een miljoenenroes. Voor haar, die de laatste jaren ieder dubbeltje angstvallig had omgedraaid om het daarna weer in haar platte beursje op te moeten bergen, was het een verrukking alles te kunnen kopen waar ze zin in had. Mijn vader weigerde mee te doen aan onze inkooporgieën. Hij werd zienderogen bedroefder en zei dankbaar te zijn dat zijn ouders de schande niet beleefden hun zoon, die als een eerlijk man uit zijn land was vertrokken, als 'Schieber' te zien terugkeren. Ik wist niet wat een Schieber was en ik had geen tijd of lust mij daarin te verdiepen. Met behulp van tante Eva die alle goede adressen kende, stak mijn moeder zichzelf en mij van top tot teen in nieuwe kleren. Ik kreeg er, vanzelfsprekend, een matrozenpak bij maar deze keer was het van scharlakenrode pluizige stof en de hemelsblauwe zijden kraag was versierd met zilvertres; een heel geschikte dracht voor een aap op een orgel.

Na de strooptochten keerden we opgewekt terug naar ons citroenhouten paradijs. In de salon stond een twee meter lange Bechsteinvleugel waar ik ijverig Kniepers toonladders op losliet. Soms kwam Helmuts slavin vragen of ik haar iets wilde voorspelen en dan snikte ze stil in een hoekje. Ik zou graag geloofd hebben dat de ontroerende kwaliteiten van mijn spel haar zo aangrepen, maar ze verhaalde steeds, ongevraagd, nieuwe euveldaden van haar blonde Bestie. Mijn moeder troostte de ongelukkige met bonbons of een glaasje likeur en daarna vergaten we haar en haar verdriet in het rosse leven van Berlijn.

We dronken thee 'unter den Linden' en voor het eerst in mijn bestaan at ik in niet-joodse eetgelegenheden. Hoe mijn ouders dit met hun koosjer geweten in het reine brachten was onbegrijpelijk maar het was zo indrukwekkend en prettig in de restaurants dat ik mij ervoor hoedde dat delicate onderwerp aan te roeren. In die onvergetelijke week ontmoette ik voor het eerst een jongen die ik aardig vond. Een achterneef, die heel mooi kon tekenen. Toen ik Mili over hem sprak vroeg ze, zakelijk, of ik verliefd op hem was. O nee, ik vond hem alleen maar heel aardig. 'Dat kan niet,' zei Mili, 'meisjes vind je aardig en op jongens word je verliefd.'

Het bezoek aan een operette-voor-grote-mensen was het hoogtepunt van onze glorie-week. Mili was al vaker 's avonds met haar ouders in Berlijn uit geweest en besprak, terwijl ze het programma bestudeerde, met veel kennis van zaken de verschillende sterren die op dat tijdstip aan de toneelhemel flonkerden.

'Deze troep is nogal Schmiere,' zei ze. Ik zou liever gestorven zijn dan haar om uitleg van het mij onbekende woord te vragen, ik begreep dat het misprijzend was en het kostte mij de grootste inspanning mijn bewondering in toom te houden voor alles wat er op het toneel gebeurde, want dat was niet gering.

Er waren zingende heren in korenblauwe uniformen en er was een beeldschone, blonde dame die uit de lijst van een schilderij stapte in een slaapkamer waar ze beslist niet thuis hoorde. Ze zong daar, zeer ontroerend, samen met de heer die de mooiste uniform, vol gouden kwasten, aan had en toen ging het licht uit. Kort daarna ging het licht weer op en in de lijst hing een doodgewoon schilderij. De mooie dame was voorgoed verdwenen, wat mij, als ik mij niet tegenover Mili groot had willen houden, tot tranen toe bewogen zou hebben. We gingen na afloop van de voorstelling souperen in een café dat in Spaanse stijl was ingericht. We werden er bediend door blonde toreadors. Een Spaans danspaar voerde een tango uit op een podium dat niet veel groter was dan een tafellaken. Hun zwarte ogen schitterden, hun witte tanden blikkerden, de castagnetten klepperden, de kleurige rokken van de señorita wapperden, de rappe voeten van de danser stampten een roffel uit de grond en ik liet mijn tranen de vrije loop.

'Beschwipst,' zei Mili, 'ze moet nog aan het leven in een wereldstad wennen.'

Ik had nauwelijks aan mijn glaasje witte wijn genipt

maar zoveel gelukzaligheid ineens was niet te verwerken.

Aan het eind van de week deed iemand, een zekere dr. Hjalmar Schacht, iets met de marken waardoor we weer even arm waren als thuis.

Mijn vader zei niet verbaasd te zijn over de geldsanering, integendeel, hij was ervan overtuigd, dat dr. Schacht zijn komst had afgewacht, alvorens daartoe over te gaan.

Toen de huurprijs van onze woning in rentemarken van ons geëist werd, konden we die met geen mogelijkheid opbrengen.

Vergezeld door verwensingen van Helmut en zijn mama, moesten we in allerijl een ander onderkomen zien op te sporen. De bleke verloofde weende en stopte mij een klein doosje chocola toe, ten afscheid. We stonden op straat en goede raad was bijna even duur als een andere woning.

Laat, na een middag van vergeefse pogingen, kwamen we aan bij oom Wally en tante Eva om met hen overleg te plegen. Zij waren ook zeer ontdaan over de slimme zet van dr. Schacht maar oom Wally had in het afgelopen halfjaar voldoende geld bijeengeschraapt om het, althans een paar maanden, te kunnen uitzingen. 'Rustig blijven zitten,' ried hij. 'Als de eerste schrik voorbij is, zijn hier wel weer zaken te doen.'

'Niet voor mij,' zei mijn vader. 'Morgen ga ik naar Holland, ik zal zien daar werk te vinden en Thea en Gittel moeten maar ergens heel goedkoop onder dak tot ik ze kan laten terugkomen.'

Tante Eva had al kamers voor ons gevonden, in het huis tegenover het hunne.

'Veel gezelliger voor Mili en Gittel,' troostte haar vriendelijke stem, 'het was eigenlijk helemaal niet leuk toen jullie zo veraf woonden.'

Ze ging mee naar ons nieuwe tehuis en stelde ons voor aan een grauw en droevig echtpaar Blumenfeld, dat meteen betoogde het vreselijk te vinden een gedeelte van een riante woning aan vreemden te moeten afstaan. 'Met mr. and mrs. Ray was het een ander geval,' klaagde de oude vrouw, 'dat waren vrienden. Mrs. Ray was het zonnetje in huis en mr. Ray was zo'n echte sjentelman.'

We zouden nog veel over onze voorgangers te horen krijgen. In iedere kamer stond een grote glanzende foto van de fleurige jonge mensen op de ereplaats. We kregen twee sombere hokken toegewezen waarvoor echter een verrassend lage prijs gevraagd werd.

Daags daarop vertrok mijn vader en Mili en ik liepen weer samen naar school. Op weg erheen werden we iedere morgen, vanuit een raam op een eerste verdieping, met kushandjes vereerd door een bebrild man met een kaal hoofd en een puntbaardje. We vonden dat onweerstaanbaar grappig en zonden hem met overdreven gebaren zijn kushandjes terug. Hij scheen dat heel prettig te vinden want hij maakte het raam open en gooide ons een aantal stoffige flikjes toe, die we met groot vertoon van vreugde en dankbaarheid opvingen. Zodra we uit zijn gezicht waren gooiden we ze in de goot, omdat Mili met grote stelligheid beweerde te weten dat het eten van chocolaatjes die je van vreemde heren kreeg, onvermijdelijk krankzinnigheid of de dood ten gevolge had. Wanneer juffie een enkele keer met ons opliep verstopte onze kale vriend zich laf achter de gordijnen.

Van de school is mijn afkeer zo doeltreffend geweest, dat ik me het gebouw noch de leerkrachten of klasgenoten voor de geest kan halen.

Bij de Blumenfelds mocht ik niet langer dan anderhalf uur per dag pianospelen op een wonderlijk instrument dat aan de voorkant in plaats van uit hout, uit gefronste, versleten groene zijde bestond, wat de klank niet ten goede kwam. Aan het toetsenbord waarvan het ivoor voor het grootste deel af was schramde ik mijn vingers tot bloedens toe, maar ik gaf de ongelijke strijd niet op want mevrouw Knieper had er de wind onder. De zes kwartier op Blumenfelds piano gingen schoon op aan haar streng dieet van gebroken akkoorden en toonladders, dat zwaar te verduren, maar uitstekend voor mijn muzikale gezondheid was. Veel erger was dat ze, naar ze zei om me aan te moedigen, aan het eind van iedere les Hänschen liet verschijnen om mij voor te spelen. Groen van nijd moest ik aanhoren hoe die jongen *mijn* sonate van Mozart en *mijn* 'Kinderszenen' van Schumann in de perfectie uitvoerde.

Mevrouw Knieper noemde Nederland niet anders dan het platteland of de provincie, een geestelijke woestenij volkomen verstoken van belangrijke uitvoerende kunstenaars. Eens, toen ik het waagde met Mengelberg en Dirk Schäfer op de proppen te komen, zei ze fier dat beiden Duitsers waren die moedig de ondankbare taak op zich genomen hadden een achterlijk gebied enige zin voor cultuur bij te brengen, maar dat ze er een zwaar hoofd in had of het hun zou lukken.

Haar verhalen over Leona Frey vergoedden veel. De vriendschap van Leona was de glorie en de ellende van mevrouw Kniepers bestaan. Ze verafgoodde de grote kunstenares en was tegelijkertijd dodelijk jaloers op haar.

Ze waren in dezelfde plaats geboren, hadden samen het conservatorium bezocht en bij het eindexamen de eerste prijs gedeeld. Daarna had mevrouw Knieper de ongelofelijke stommiteit begaan verliefd te worden en te trouwen. Leona was verstandiger geweest, die leefde 'à la carte' (ik had geen idee wat ze daarmee bedoelde en durfde het niet te vragen). Leona had, aldus levende, de hoogste toppen van de roem bereikt en, volgens mij, moest ze beslist een aardig mens zijn, want ze kwam ieder jaar als ze in Berlijn met het Philharmonisch orkest concerteerde bij de Kniepers logeren, wat stellig een opoffering voor haar betekende. Bovendien gaf ze dan een huisconcert voor de vrienden en leerlingen van haar oude studiegenote. De drie beste leerlingen werden aan Leona voorgesteld en mochten haar voorspelen, zei mevrouw Knieper en ze voegde er, nogal overbodig, aan toe dat ik niet tot die uitverkorenen behoorde. Ik zou echter wel aanwezig mogen zijn bij het recital als ik dan tenminste niet weer naar de provincie was vertrokken.

Ik bedankte haar geestdriftig voor de uitnodiging en verzekerde haar dat er geen kijk op was dat we het eerste halfjaar naar Nederland terug zouden gaan.

IX

De brieven van mijn vader waren niet opwekkend en het einde van onze ballingschap leek nog lang niet in zicht.

Mevrouw Knieper trok met Hänschen naar een wintersportoord waar Leona ook heen zou komen. De pianiste bracht Kerstmis en oud en nieuw als ze het enigszins kon schikken met haar tournees samen met hen door.

De Blumenfelds vertelden dat mr. Ray het vorige jaar de dag voor Kerstmis was komen aanzetten met een kalkoen van twintig pond, op Silvester had de champagne als water gevloeid. Daar konden wij niet tegenop. Op 24 december klaagde mijn moeder over hevige keelpijn. Ze had hoge koorts. Op de verdieping boven ons woonde een dokter, die ik ging halen op raad van mevrouw Blumenfeld. Hij was van dezelfde leeftijd als onze hoofdbewoners; hij sprak mijn moeder bestraffend toe en zei dat ze wel veel drukte maakte over zo'n 'kleiner Schnupfen'. Daar ik al vakantie had was ik vrij om voor verpleegster te spelen. Toen ik even naar tante Eva toe ging om haar te vertellen dat mijn moeder verkouden was, zei ze meteen: 'O, maar dan kom jij vanavond gezellig bij Mili kerstfeest vieren. Oom Wally en ik gaan naar een feestje en dan hebben jullie heerlijk het rijk alleen met juffie. Je kunt dan om het uur naar mammie gaan kijken.'

Mijn moeder werd steeds zieker. Met gesloten ogen en een hoogrode kleur riep ze onophoudelijk, nauwelijks verstaanbaar, om ijs. De Blumenfelds hielden zich afzijdig en de dokter kwam niet terug. Met het gevoel alsof ik een diefstal pleegde nam ik het laatste geld uit mijn moeders beursje. Ik moest, hoe dan ook, aan ijs zien te komen. Na veel geloop kocht ik een half blok van een poelier. Met de koude, harde, druipende last kwam ik bibberend terug in de woning en van de portier leende ik een hamer.

Mijn moeite werd beloond want het vergruisde ijs schonk de zieke enige verlichting. Daar ik nog een paar marken over had ging ik 's middags uit om die zo verstandig mogelijk te besteden; ik kocht er een grote zak chocoladeschuimpjes voor, die Mili en ik iedere dag bewonderd hadden op weg naar school, als we langs het raam van een Konditorei kwamen waar ze in bruine, glanzende pracht torenhoog opgetast lagen. Ik zou de helft meenemen voor Mili als mijn bijdrage tot de kerstvreugde, en mijn moeder zou zeker van de rest smullen zodra ze weer in staat was wat te eten. Ik kon de verleiding niet weerstaan een van de lekkernijen waar ik al wekenlang begerig naar gekeken had, te proeven. Het werd een bittere teleurstelling, het schuimpje was aangebrand; alle schuimpjes waren aangebrand en vijf kostbare rentemarken waren naar de haaien.

De rest van de dag bracht ik verplegende door en 's avonds ging ik naar Mili, met lege handen. Tante Eva had een fraai buffet aangericht en we mochten haar bewonderen in een donkerrode, glinsterende avondjurk voor ze uitging, vergezeld door oom Wally in een nachtblauwe smoking.

Om de avond feestelijk te beginnen gingen we met juffie de kerstbomen bekijken die voor alle ramen in de buurt te kijk stonden. Er waren heel mooie bij en ik zei dat het aardig was van de eigenaars de gordijnen niet dicht te trekken, zodat joden zoals wij, die geen kerstboom hadden, er ook van konden genieten.

'O, Mammie wilde wel een kerstboom,' zei Mili, 'Mammie doet aan alles mee. Als de Hottentotten iets feestelijks deden en ze wist ervan af, zou ze daar ook aan mee doen, zegt ze.'

Een van de zijstraten waar we doorheen slenterden leek bedrieglijk veel op een straat die ik goed kende. Aan het eind ervan gekomen, zou ik, in Antwerpen, het huis van meneer Mardell zien, naar de overkant lopen, aanbellen en door dikke Bertha worden opengedaan.

Het zou niet eens onprettig zijn een van haar vette zoenen te krijgen.

'Nee maar, Gittel, wat een verrassing! Hoe kom je hier, wat zal Lucie blij zijn. En hoe gaat het met meneer, uw papa?'

Ja, hoe ging het met mijn arme vader? Hij zat ongetwijfeld te hongeren op een zolderkamer en schreef een briefje aan ons bij het flakkerend licht van een stompje kaars.

Mijn moeder ziek, mijn vader hongerend op een zolderkamer en ikzelf rondlopend in een wildvreemde stad als een bedelares. Nee, het ging ons niet goed, maar dat hoefde ik die goeie Bertha niet te vertellen.

Menie, Salvinia en Gabriel zouden hun hoofden door het loket steken; ach nee, die waren alle drie natuurlijk al lang naar huis toe. Of zou ik Gabriel laten nablijven? Dan konden Lucie en ik met hem, later op de avond, langs de Schelde-bij-maanlicht wandelen. Meneer Mardell zou de honing-deur openmaken en vragen of ik zijn schilderijen wilde bekijken en 'morgen hangt het oktoberhuis op zijn oude plaats' zeggen. Ik zou zelfs blij zijn om de dame met de groene buik weer te zien.

... en Lucie, mijn lieve Lucie, hoe heb ik je zolang kunnen vergeten.

'Dag, Aapje,' zou ze zeggen. Zo noemde ze me wel eens een enkele keer, 'dag mijn stout aapje, waarom schreef je nooit? Is dat niet erg ondankbaar en onhartelijk van je, terwijl we allemaal zo aardig voor je zijn geweest?'

'Ik dacht, dat je nu alleen maar Gabriel nodig had.'

'Onzin.'

Ja, dat was het, ik zou haar schrijven zodra ik een postzegel had. Grootmoeders huis waar het altijd zo lekker rook naar eten, was ook niet te versmaden. Ik kreeg een por in mijn rug van juffie's bottige elleboog.

'Waar loop jij zo over te suffen? We vragen je al drie

keer of we nu maar niet weer naar huis zullen gaan en je doet of je doof bent. Waar zat je met je hoofd?'

'In Antwerpen, ik dacht dat het wel erg prettig zal zijn als ik daar weer eens heen kan gaan.'

'Nou,' zei juffie onverwacht, 'om je de waarheid te zeggen, ik heb ook genoeg van Berlijn. Ik wou dat Pappie en Mammie weer naar Holland gingen. Jij ook niet, Mili?'

Nee, Mili vond het erg prettig in Berlijn, er waren zoveel mensen, zoveel vreemde gezichten, en ieder gezicht was een verhaal.

'Een verhá-áal?' vroeg juffie verbouwereerd en ik begreep het ook niet.

'Ja, ieder gezicht is een verhaal, en meestal is het heel anders dan wat het mens van wie het gezicht is, je over zichzelf vertelt, maar laten we nu naar huis gaan want als het lekkers op is gaan we vuurwerk aansteken. Enig,' zei Mili. Zou ze het dan naar vinden om naar Holland te gaan? O nee, helemaal niet, daar waren weer andere mensen met andere gezichten.

Ik ging even naar mijn zieke kijken, die rustig sliep zodat ik mij met een gerust geweten aan de feestelijkheden kon wijden. We aten eerst al het lekkers op dat door Mili's moeder was klaargezet en daarna haalde juffie het vuurwerk voor de dag. We kregen ieder een dozijn lange, dunne stokjes waarmee we in het rond zwaaiden nadat we ze behoedzaam met een lucifer hadden aangestoken, wat een regentje van bijna onmiddellijk dovende paarse vuursterretjes teweegbracht. Hoe harder je zwaaide, hoe meer sterren. Het was erg opwindend. Om tien uur nam ik afscheid. Juffie was, als steeds, innig verheugd me te zien vertrekken. De portier die gewoonlijk de ingang van het huis bewaakte, had kerstverlof. Zijn plaats in de glazen kooi onder aan de trap werd ingenomen door een dikke oude vrouw die me wenkte naar haar toe te komen.

'Jij woont hier tegenover bij de Blumenfelds, hè? En je moeder is ziek, hè?'

'Ja, mevrouw.'

'Wat mankeert ze?'

'Ze heeft keelpijn,' zei ik, verwonderd over de belangstelling van de mij volkomen onbekende vrouw, die smakelijk lachte.

'Dat dacht ik wel. De boeven. Je moeder zal difteritis hebben. De vorige bewoonster, mrs. Ray, die bij de Blumenfelds woonde, is daaraan gestorven. Dat wisten jullie niet, hè? Dat hebben die schavuiten jullie verzwegen, hè?'

De dikkerd schudde van het lachen.

'De dokter was natuurlijk mee in het complot.' Ze hijgde van de pret, maar toen ik hardop begon te huilen bleek ze tot de geboren medelijdsters te behoren, die voor het intense genoegen dat ze beleven aan het verdriet van hun medemensen, graag wat moeite en hulpvaardigheid over hebben. Ik moest maar bij haar in de kooi blijven tot ze afgelost werd en daarna zou ze met me meegaan naar een andere dokter, die geen deel had aan het Blumenfeldcomplot, 'en die zal wel zeggen dat je moeder difteritis heeft, dan zal ze naar het ziekenhuis moeten en wat gaat er dan gebeuren met jou, arm kind, helemaal alleen in een vreemde stad?' Ze diepte twee pakjes smoezelige speelkaarten uit haar karbies. Om de tijd wat te bekorten leerde ze mij 'tienen' en 'de klok' en ik leerde haar 'zevenen' en 'pietje-peetje'. De nachtportier kwam tegen twaalf uur. Hij moest het hele verhaal, omstandig door de Samaritaanse verteld, aanhoren en hij prees haar goedhartigheid uitbundig. Ze belde een dokter op die in het gebouw woonde en die, naar haar bekend was, thuis een kerstfeest gaf.

Tien minuten later verscheen voor onze kooi een magere man van middelbare leeftijd in avondkleding die boos was uit zijn feestavond weggehaald te worden.

Gedrieën stonden we korte tijd daarna aan mijn moeders bed. Ze sliep nog steeds. De dokter wekte haar en onderzocht haar grondig. De koorts was gedaald en de keelpijn veel minder hevig.

'Beslist geen difteritis,' stelde hij vast, tot de diepe teleurstelling van mijn engel-in-nood.

'Toch moet die Blumenfelds eens ernstig de waarheid gezegd worden,' zei ze, 'dat moet u doen, dokter.'

'Ik peins er niet over, ik ga naar huis.'

De portierster vond dat een pretje haar eerlijk toekwam na zoveel geduld en naastenliefde. Ze ging naar de slaapkamer van de Blumenfelds en ik hoorde haar wel een kwartier lang tegen de stakkers tieren.

Ze kwam voldaan terug en zette koffie, ik gaf haar de schuimpjes die ze, tot mijn verbazing, met smaak opat.

Nadat ze eindelijk naar huis was gegaan, probeerde ik aan Lucie te schrijven.

Lieve Lucie,

Mijn liefste Lucie,

Beste Lucie,

Ik kwam niet verder dan de aanhef. Als ik eens aan haar vader schreef? Met hem kon ik ook altijd praten.

Zeer geachte Heer Mardell,

Het is Kerstmis en ik ben in Berlijn en dat is minder leuk dan men zou denken,

Het werd een brief van vier kantjes.

De dag na Nieuwjaar was er bericht van mijn vader. Hij had werk gevonden en mijn grootmoeder zou onze terugreis bekostigen. Op enkele stukken na waren al onze meubels verkocht en mijn moeder voorspelde dat we een jaar lang op de grond zouden moeten slapen. Ondanks dat vooruitzicht waren we heel blij te vertrekken.

De Blumenfelds hielden zich koest, de sukkels lieten ons zelfs gaan zonder een extra maand huurgeld te eisen.

Tante Eva kookte een vorstelijk afscheidsmaal en vertrouwde ons toe dat ook zij meer dan genoeg had van Berlijn.

'Deze keer schrijf ik mezelf eens een brief,' zei ze, 'dat wij ook over drie maanden thuis zullen zijn.'

Mijn hoop op een spoedig bezoek aan Antwerpen na onze terugkeer, ging niet in vervulling.

Grootmoeder die, behalve voor onze reis, mijn vader nog geld had moeten lenen om de noodzakelijkste meubels aan te schaffen, was er voorlopig niet aan toe ons bij zich te verwelkomen.

X

Meneer Mardell beantwoordde mijn kerst-jeremiade per expresse, met een even plechtstatig als hartelijk briefje, Lucie schreef er een lieve groet bij en ik liet hen, zodra ik het zelf kende, ons nieuw adres weten.

Mijn vader had in Scheveningen een monsterlijk gemeubileerde woning gehuurd, helaas weer een bovenhuis. We leefden als tevoren van de hand in de tand, maar na het Blumenfeld-intermezzo was het een paradijselijk bestaan.

De eerste zondagmiddagtocht na de thuiskomst gold het Mauritshuis, waar ik ongeveer als de Verloren Zoon door de suppoosten werd ingehaald.

'Fijn dat ze er weer is, hè, meneer?' zeiden ze om beurten tegen mijn vader, die kennelijk nogal eens troost had gezocht bij de schilderijen en de vriendelijke oude mannetjes.

Het weerzien met mijn muziekleraar verliep enigszins anders dan ik me had voorgesteld. Ik wilde hem Kniepers vernietigende kritiek verzwijgen, maar hij sprak de wens uit alle nieuwe stukken te horen die ik inmiddels had ingestudeerd en daarom moest ik hem wel, hakkelend, met het schaamrood op de kaken, de toonladder-schande opbiechten. Nadat ik, op zijn verzoek, een paar ervan met de bijbehorende gebroken akkoorden had gespeeld, gromde hij dat die heks in ieder geval geweten had wat lesgeven was en hij werd, met de onredelijkheid alle volwassenen eigen, opeens boos op mij. Hij had me, zei hij, omdat ik zijn jongste leerlinge was, tot dusverre te zachtzinnig behandeld. Nu was dat uit, en hoewel hij niet zo streng zou zijn als de Knieper-vrouw, moest ik er maar niet op rekenen, dat hij me zou toestaan aan Bachs concert in Italiaanse stijl te beginnen voor ik van dat rondo van Beethoven evenveel terechtbracht als die kwajongen.

Mili met haar ouders en juffie kwamen zes weken na ons terug. Ze logeerden bij Opa Harry tot ze een huis naar hun zin vonden. Mili en ik gingen nu samen naar een Scheveningse school. Zij had deze keer meer moeite te wennen dan ik, ze had langer in Berlijn gewoond en het daar prettig gehad, maar nadat ze een week lang iedere ochtend op weg naar school haar troostvers had opgezegd, werd ze weer het stralend middelpunt van haar klas.

Grootmoeder zweeg in alle talen.

Met meneer Mardell was ik, na mijn Berlijnse noodkreet, in correspondentie gebleven. Rechtstreeks aan Lucie schrijven durfde ik nog steeds niet en van haar vader hoorde ik dat ze het goed maakte. Hij stuurde me vrij geregeld programma's van concerten die hij bezocht en soms bracht hij er verslag over uit. We waren ongeveer een halfjaar weer thuis toen ik een uiterst deskundige recensie van hem kreeg over een optreden van de violist Jacques Thibaud. In een PS schreef hij: *Het zal u ongetwijfeld genoegen doen te vernemen dat uw Bonmaman en de trouwe Rosalba in blakende welstand verkeren. Ik heb mijzelf daar gisteren van overtuigd. Zij, op hun beurt, verheugen zich er zeer op, u spoedig in Antwerpen te begroeten.*

Een dag later ontvingen we een brief van mijn grootmoeder waarin ze ons dringend uitnodigde bij haar te komen logeren en ze was, vreemd genoeg, toen we er eenmaal waren, oprecht blij ons weer te zien.

Rosalba zei dat ze me wilde helpen bij het uitpakken van de koffers.

Op de logeerkamer nam ze mijn gezicht tussen haar harde handen.

'Je weet dat ik je wel geschreven zou hebben als ik het had kunnen doen,' fluisterde ze. Ik nam meteen de rol op die ik in grootmoeders komedie had te spelen.

'Ja, natuurlijk, je had geen tijd, je hebt zoveel werk.'

Ze schudde het hoofd: 'Jij mag niet zo dom praten... dat ik de kans niet kreeg lezen of schrijven te leren is toch geen schande.'

Het was wel een schande, maar niet de hare. Op dat ogenblik besefte ik hoeveel ik van Rosalba hield, ik geloof dat zij het ook wist.

Toen mijn twee jeugdige ooms van hun werkzaamheden thuiskwamen, Fredie studeerde rechten in Brussel en Charlie was 'in de diamant', vonden ze beiden dat ik in mijn voordeel veranderd was. Ze achtten de tijd rijp een bijdrage te leveren aan mijn algemene ontwikkeling. Charlie bracht me een paar dagen later een houten kist vol brieven.

'Lees die,' zei hij, 'en als je ooit het hart in je lijf hebt later zoiets te schrijven, dan sla ik je dood.'

De brieven waren afkomstig van zijn talrijke, afgedankte aanbidsters. Charlie was klein en lelijk, maar hij wist zo goed dat hij iedere vrouw waar hij zin in had kon betoveren, dat hij zich door zijn jongere broer, die veel knapper van uiterlijk was, de belofte liet afkopen niet aanwezig te zijn als deze een nieuwe vlam thuis bracht. Wanneer de getergde Fredie een enkele keer ongeneigd was op die afpersingspraktijken in te gaan, kon hij er zeker van zijn, dat Charlie hem de nog te veroveren buit zonder enige moeite afhandig zou maken.

Ik was niet benieuwd naar de geschriften van zijn slachtoffers en ik zei dat mijn vader mij had geleerd dat het heel gemeen was andermans brieven te lezen.

'Het zijn nu *mijn* brieven,' zei hij, 'en *ik* zeg, dat je ze lezen moet, vooruit.'

Ik las er enkele van, met tegenzin.

'Wat merk je daar nu uit op?' vroeg Charlie, op een onuitstaanbaar pedant schoolmeesterstoontje.

'Dat ze bijna allemaal eindigen met: en nu ga ik een bad nemen en naar bed.'

'Heel juist,' prees Charlie, 'en als jij ooit zoiets schrijft aan een man, dat zei ik je al, dan kom ik en sla je dood, want het is de allergoedkoopste en allerdomste soort koketterie die er bestaat. Geen vent die een knip voor de neus waard is, vliegt daar in. Dat begrijp jij nu nog zo niet, maar onthoud het maar voor later.' Boos bromde ik dat ik weinig had aan raad-voor-de-toekomst, Die had ik ook al van oom Wally gekregen.

'O ja?' zei Charlie die nieuwsgierig van aard was gretig: 'Vertel op.'

Oom Wally had gezegd: 'Als je later groot bent, en getrouwd, moet je nooit luisteren naar vrijerspraatjes van andere mannen. Die denken toch maar: een gevestigde zaak biedt geen risico.' Hij had daar peinzend op laten volgen: 'Je moet niet vergeten: beter een bord erwtensoep netjes opgediend in de eetkamer dan kaviaar haastig opgeslokt in de keuken.' Toen ik hem om uitleg van die orakelspreuken vroeg weigerde hij die en Charlie, die grinnikte dat het uitstekende raadgevingen waren, wenste er ook niet nader op in te gaan, dus wat had ik eraan?

Fredie's aandeel in mijn opvoeding lag op een ander terrein, een veel aangenamer. Hij was een boekenwurm en ik moest alles met hem meelezen wat er in onze taal verscheen. Hij dwong mij echter ook lange stukken proza en verzen uit het hoofd te leren die ik dan met volgens hem passende gebaren en stemklank, aan zijn vrienden moest voordragen. Dat was ronduit een kwelling, want de jongens lachten tranen om de onzinnige vertoning.

Wanneer Fredie verliefd was maakte hij zelf ook verzen die althans door de dame voor wie ze bestemd waren en door hemzelf en mij, zeer gewaardeerd werden, maar op den duur was dat niet vol te houden daar hij een licht ontvlambaar gemoed bezat en ongeveer om de week van beminde wisselde. Uit tijdnood werd hij de schepper van het praktische confectiegedicht. Het luidde als volgt:

Er hangt een klokje aan mijn muur,
En iedere tik van ieder uur
Zegt mij het klokje aan mijn muur:
Marie..., Marie..., Marie...

Er staan veel bomen in het woud,
Ze zijn heel hoog, ze zijn heel oud,
Wat ritselt iedere boom in 't woud?
Marie..., Marie..., Marie...

Dan waren er nog golven 'spoelend over 't zand' en vogels en een beekje die allen op hun eigen wijze Marie... Marie... Marie... ten beste gaven, totdat een aantrekkelijker meisje tijdelijk beslag op Fredie's wispelturig hart wist te leggen en dan murmelde, ritselde, tikte en floot het gezelschap prompt een andere naam. Hij leende het vers ook wel uit aan vrienden, die een welgevallig oog hadden laten vallen op jonge dochters met gevoel voor poëzie.

Meneer Mardell had mijn grootmoeder door zijn bezoek dermate ingepalmd dat zij mij aanmoedigde hem vooral gauw op te zoeken, terwijl het haar vroeger min of meer geërgerd had dat ik zo graag aan de overkant was. Bertha begroette me met een vreugdekreet en een aantal vochtige zoenen bij de voordeur.

'Wat ben je gegroeid! Hoe oud ben je nu wel?'

'Dertien jaar, juffrouw Bertha.'

Ze vroeg of ik al een groot meisje was. Ja, dat was inmiddels ook in orde.

Lucie kwam de trap af. Ze zag er bleek en mager uit. Ze omhelsde me hartelijk en sloot een zilveren kettinkje om mijn hals waaraan een granaten hart hing. 'Om je behouden terugkeer te vieren,' zei ze, 'ga nu eerst praten met mijn vader want hij wil alles horen over je Berlijns séjour, als je uitverteld bent kom je maar naar boven, dan krijg je de traditionele kop chocola.' Ze zoende me nog eens op beide wangen, ze rook nog altijd even lekker naar lelietjes-van-dalen, en liep de trap weer op.

Haar interesseerde mijn Berlijns séjour niet.

Meneer Mardell kwam zijn kamer uit en begroette me met een vrolijke lach en een hartelijke handdruk. Een van zijn prettige eigenschappen was dat hij geen zoenen gaf of verwachtte.

Tot mijn verbazing 'zag' ik opeens al zijn schilderijen. Ik vroeg of hij nog nieuwe had gekocht. Nee, hij had er voorlopig genoeg, hij had nu meer belangstelling voor maskers en zeer primitieve beeldjes. Hij liet me er een paar van zien die ik lelijk vond. 'Maar je vader zegt dat ik weet wat mooi is voordat anderen het weten.' We lachten samen om die herinnering aan mijn eerste bezoek. Hij wilde alles horen over de marken en dr. Schacht en Knieper.

Hij zei dat het heel nuttig voor me was dat ik al op jeugdige leeftijd mijn eerste slechte kritiek te incasseren kreeg want slechte kritieken waren altijd leerzamer dan goede, je leerde er om te beginnen je ware vrienden door kennen. Ik vertelde Mili's oordeel over Hänschen. Hij vroeg of dat nog steeds dezelfde lieve slimme vriendin was en zei dat ik later, als ik er werkelijk in slaagde concerten te geven, zou merken, dat bepaalde mensen toevallig nooit die kranten of tijdschriften zien die een gunstig oordeel bevatten.

Meneer Mardell had Leona op veel concerten bewonderd en had haar zelfs een keer op een diner bij vrienden ontmoet. Nee, ze was helemaal niet aardig, wel amusant en ijdel.

'Grote kunstenaars zijn meestal níet beminnelijk,' zei meneer Mardell en ze hoefden dat ook niet te zijn. Wanneer ze goede boeken of schilderijen maakten of zo mooi speelden als Leona, deden ze al meer dan genoeg. Er waren veel te veel mensen op de wereld die niets anders konden dan aardig zijn. Ik voelde me verplicht het voor Leona op te nemen: haar jarenlange vriendschap voor de Kniepers was toch een duidelijk bewijs dat ze een heel goed karakter moest hebben. Meneer Mardell was het daarmee niet eens.

'Iedereen heeft een Theo nodig,' zei hij. 'Mevrouw Knieper is Leona's Theo.' Hij haalde een boek met reproducties van de schilderijen van Vincent van Gogh uit een kast. Hij sprak uitvoerig over het moeilijke leven van de schilder dat zonder de toewijding van zijn broer Theo, volkomen ondraaglijk zou zijn geweest. 'Het succes van bijna iedere kunstenaar is gebouwd op de offers van iemand uit zijn naaste omgeving. Slechts de allersterksten kunnen alleen hun weg vinden.'

Het was, geloof ik, een leerzaam en interessant betoog maar ik verlangde naar Lucie. Ik was blij toen Bertha binnenkwam met meneer Mardells koffie. 'Neem maar weer mee,' zei hij, 'nu onze vriendin voor het eerst weer bij ons is zal ik die met de dames opdrinken en luisteren of er goede vorderingen gemaakt zijn in de muziek.'

Op de trap vroeg hij of ik Menie en Salvinia al had begroet, hij zei dat het een teleurstelling voor me zou zijn te horen dat Gabriel in Londen was. Ik kreeg weer een kleur tot achter mijn oren. 'Blijft hij voorgoed weg?'

'Nee, na een halfjaar komt hij, gelukkig, weer bij ons terug. Hij wilde zo graag naar Engeland en ik heb het voor hem in orde kunnen brengen, hij werkt nu bij een vriend van mij.'

Lucie omhelsde mij nog eens, Bertha zette een kop dampende chocola voor mij neer.

'Alles is weer net als vroeger,' zei ik met een zucht van tevredenheid.

Op verzoek van meneer Mardell speelde ik mijn Mozart-sonate en ik wachtte in spanning zijn oordeel af. Technisch was ik flink opgeschoten, meende hij en ik zou zelf merken dat Mozarts muziek veranderde. Nu was ze jong en opgewekt en later, heel veel later, naar hij hoopte, zou ik horen hoe weemoedig en tragisch ze geworden was. Lucie protesteerde: 'Wat een onzin, vader. Tragisch en weemoedig. Het is de vrolijkste muziek die er is.' Meneer Mardell schudde het hoofd, 'ik ben blij dat jij nog niet hoort dat iedere noot die Mozart neerschreef zingt dat al wat jong is oud moet worden en sterven en dat alle schoonheid vergankelijk is.'

'Behalve zijn eigen muziek dan,' zei ik onbeholpen.

'Behalve de schoonheid van zijn eigen hemelse muziek,' gaf meneer Mardell toe.

Hij dronk zijn koffie en stond op. 'Ik moet weer eens de kost gaan verdienen.' In het voorbijgaan streek hij over mijn haar. 'Kom maar weer veel bij ons, we zijn blij, dat we onze vriendin weer hier hebben, hè, Lucie?'

We hoorden hem de trap afgaan en nadat hij de deur van zijn kamer weer achter zich dichtgetrokken had, zei Lucie: 'Denk erom dat jij nog steeds de enige bent die iets weet van Gabriel en mij.'

'Ben je dan nog altijd met Gabriel verloofd?'

Ik had vurig gehoopt dat ze haar dwaling inmiddels zou hebben ingezien.

'Ja zeker, dacht je dat ik dat niet meer was omdat hij naar Engeland is? Ik ben daar juist heel erg blij om – maar nu moet je me een groot plezier doen,' zei Lucie, terwijl ze haar arm om me heensloeg, 'en voorlopig niet over Gabriel spreken, want de muren hebben hier oren.'

Ik beloofde haar te zwijgen als het graf.

Ik kreeg al meer te horen over Gabriel dan me lief was van oma Hofer.

Sinds we samen een schuldig geheim deelden had haar houding tegenover mij een algehele verandering ondergaan. Ze dreef de vriendelijkheid zo ver, dat ze mij herhaaldelijk verzekerde: 'Men hoeft niet rijk te zijn, men hoeft niet mooi te zijn. Geluk moet men hebben!' en op deze bemoedigende woorden volgde een lang en verward verhaal over een of ander doodarm monstertje dat tegen alle verwachtingen in, op haar oude dag nog een redelijk manspersoon in de wacht had gesleept. Een van de tantes of mijn grootmoeder voelde zich dan verplicht onmiddellijk een aantal, mij bekende, lieve schoonheden op te sommen die dan toch maar 'aan de boom waren blijven hangen' omdat ze geen rooie duit bezaten.

Mijn vrouwelijke verwanten, die het goed met mij meenden, vonden dat ik niet jong genoeg kon beseffen dat ik tot de paria's, de verworpenen dezer aarde behoorde; dat waren in onze kring de meisjes die geen bruidsschat hadden. Bleef zo een berooide jonge vrouw ongetrouwd dan mocht ze, als ze uit een zogenaamd deftig gezin stamde, niet trachten de kost te verdienen op een kantoor of in een winkel. Ze moest haar droeve dagen in de ouderlijke woning slijten, de nederige sloof van haar familie die dag en nacht, zonder een woord van dank, over haar onbetaalde diensten kon beschikken; en als een meisje zonder bruidsschat trouwde, was ze misschien nog slechter af. Een vrouw die alleen zichzelf en haar liefde ten huwelijk bracht was niet in tel. Na de wittebroodsroes werd ze door haar echtgenoot niet meer als zijn gelijke behandeld. Bezat ze deugden en bekwaamheden dan werden die stelselmatig bespot en gekleineerd door haar schoonfamilie, die haar op ieder gebied zou sarren en pesten tot ze dankbaar was de geest te geven. Het was nuttig voor mij om al vroeg te weten hoe ik eraan toe was en mijn vrouwelijke familieleden die vrijwillig en moedig de taak op zich namen mij op een harde toekomst voor te bereiden, waren weinig ingenomen met oma Hofers sprookjes, die, naar ze vreesden, het goede werk dat ze al aan mij verricht hadden, zouden kunnen ondermijnen. Vooral omdat ze niet begrepen waarom we plotseling zulke goede maatjes waren. Als oma Hofer op bezoek was geweest vroeg ze me steeds een eindje met haar mee te lopen naar haar huis en onderweg vertelde ze de laatste nieuwtjes van Gabriel.

Daar ik altijd, tot mijn ergernis, hevig bloosde als zijn naam genoemd werd, meende zij, net als meneer Mardell, dat ik een beetje verliefd op hem was.

Het ging Gabriel heel goed in Engeland. Ze hoopte dat hij er voorlopig zou blijven, hoewel ze hem erg miste. 'Ik ben blij dat hij bij die Mardells vandaan is,' zei ze, 'die hadden een slechte invloed op hem.' Haar zoon Jankel was de oorzaak dat oma Hofer veel vaker op bezoek bij grootmoeder kwam dan tevoren.

Oom Jankel, Arons vader, was na de dood van zijn oudste kind van ons vervreemd. We zagen hem niet vaak en als hij al een enkele keer op een familiefeest kwam, hulde hij zich, de korte tijd dat hij aanwezig was in een ongenaakbaar, misprijzend stilzwijgen.

Jankel Hofer was een Midas, wat hij aanraakte veranderde in goud. Hij had, behalve een belangrijk diamantbedrijf, ook aandeel in een van de grote banken en hij was met zijn gezin onlangs naar een waar paleis verhuisd.

Hij speelde zelfs met de gedachte, de hoon van de familie in al haar geledingen ten spijt, om zich tot honorair consul van een Midden-Amerikaanse staat te laten benoemen en hij liet zijn fraai huis inrichten door de bekendste binnenhuisarchitect ter plaatse. Toen het helemaal op orde was werden we met z'n allen uitgenodigd het te bezichtigen.

Alles was zeer duur en zeer nieuw en we kwamen er diep onder de indruk vandaan. Mijn vader beleefde een droevige kleine triomf; van alle meubels en wandversieringen uit het vroegere bezit van Jankel was het enige stuk dat de goedkeuring van de binnenhuisdictator kon wegdragen, een tekening die mijn vader zijn zwager en schoonzuster bij hun huwelijk geschonken had, die Adam en Eva voorstelde op het moment dat ze verjaagd werden uit het paradijs. Daar het onderwerp niet in de smaak viel bij het bruidspaar, hadden Adam en Eva vroeger een verborgen bestaan op de zoldertrap geleid, maar na de verhuizing kregen ze een ereplaats in de werkkamer van mijn oom.

Zoals te verwachten was wilde deze in zijn voorname

omgeving hooggeplaatste gasten zien. Het spionagesysteem van de familieleden onderling werkte feilloos, we wisten lang van tevoren dat Jankel een grote ontvangst zou geven voor enkele vooraanstaande personen uit Antwerpen en Brussel en ook dat niemand van de familie erbij zou worden uitgenodigd. Dit bracht de gemoederen dusdanig in beweging, dat grootmoeder en oma Hofer wapenstilstand sloten. Eerst hadden ze zich tegenover elkaar groot gehouden maar dat was niet vol te houden en daarop vonden ze, met wrang genoegen, een nieuwe variant van 'qui perd gagne' uit: ze boden tegen elkaar op met sterke verhalen hoe slecht ze door hun ondankbaar kroost behandeld werden. Oom Isi's vele zonden werden uitvoerig besproken en zijn moeder vond zijn amoureuze afdwalingen niet eens de onvergeeflijkste.

'Sonja wist wat ze aan hem had toen ze met hem trouwde,' meende ze. 'Er zijn nu eenmaal twee soorten mannen op de wereld: de saaie serieuze en de amusante onbetrouwbare. De serieuze worden op oudere leeftijd zuur als azijn en de amusante kunnen geen vrouw zien zonder haar in de billen te knijpen. Ik weet niet wat erger is. Mijn man was zuur, en...' ze kreeg een kleur en slikte de rest van de zin in. Ze had gelukkig bijtijds bedacht dat het gedurende een wapenstilstand niet tactisch was mijn grootvader, zaliger nagedachtenis, bij de billenknijpers onder te brengen.

Tot mijn eigen verwondering begon ik oma Hofer en haar gezegdes te waarderen. Ik voelde zelfs enige wroeging in me opkomen omdat ik haar vroeger, toen ik nog op het eiland woonde, met een van Blimbo's groene stenen had bedacht.

Ze kwam steeds vaker bij ons naarmate Jankels feest naderde. De spionagedienst was van de drukker te weten gekomen dat de uitnodigingskaarten van geschept papier waren met vergulde randen, maar geen van de clan ontving er een, hoewel tot het laatst toe door iedereen een niet uitgesproken hoop gekoesterd werd dat Jankel zijn onmenselijke houding jegens eigen en aangetrouwd vlees en bloed zou herzien.

Op de ochtend van de fatale dag dronk mijn grootmoeder een kop koffie met oma Hofer, mijn moeder en mij, in een acute rouwstemming. Over het feest werd nu niet meer gepraat, het onderwerp was te navrant geworden en daar we niet in staat waren over iets anders te spreken, zaten we zwijgend bijeen, toen Charlie zingend de kamer binnenkwam terwijl hij triomfantelijk een pakje boven zijn hoofd zwaaide.

'Heb je wel gehoord van de zilveren poot, de zilveren poot van Jankel?' zong Charlie. Was hij, vroeg grootmoeder bitter, ziek of gek? Dat hij anders midden in de morgen zijn werk verliet uitsluitend om ons op Piet Hein te vergasten, kon zij niet aannemen.

Oma Hofer merkte zachtzinnig op dat het misschien wel een mooi lied was als het door iemand met een goeie stem gezongen werd, maar Charlie was door het dolle heen en niet te bedaren. Hij danste de kamer rond met zijn trofee en brulde zijn onbegrijpelijke versie van het vaderlands gezang tot de adem hem begaf. Daarna ging hij zitten en zei dat we nu goed moesten opletten. Hij maakte het pakje voorzichtig open en liet ons een gebraden poot van een reuzenvogel bezichtigen, versierd met een kunstig uit zilverpapier geknipte manchet.

Charlie werd iedere ochtend door zijn baas die gezegend was met een gezonde eetlust, uitgestuurd om belegde broodjes te halen in de Pelikaanstraat. In de uitstalkast van de winkel stond eenzaam, in volle glorie, een meer dan levensgrote kalkoen met zilveren manchetten. Het waren, zei Charlie, vooral die zilveren poten die op zijn verbeelding hadden gewerkt. Hij maakte mevrouw Breine, de eigenaresse van de zaak, zijn compliment over het grandioze beest en de arme vrouw beging de fout van haar leven door te zeggen, dat hij de vogel diezelfde avond wel weer zou zien op het feest van zijn zwager, waar de kalkoen het indrukwekkend middelpunt zou vormen van een stoet delicatessen. Ze had de verleiding niet kunnen weerstaan even in de etalage met haar culinair meesterwerk te pronken. 'Dat werd haar ondergang,' zei Charlie, 'ijdelheid moet gestraft worden.' Hij had zo lang en zo mooi tegen haar gepraat tot ze een van de poten afsneed, geen vrouw kon hem iets weigeren.

Rosalba had zich bij ons geschaard en gevieren staarden we Charlie sprakeloos van bewondering aan. Hij zei dat we niet zo hongerig naar hem hoefden te kijken, hij stond niets van Jankels poot af. Hij had die eerlijk en helemaal alleen verdiend en hij zou hem zelf opeten. We waren het daar volkomen mee eens en zagen met ontzag hoe zijn stevige jonge tanden korte metten maakten met de flinke bout. De zilveren manchet stopte hij, als aandenken, in zijn portefeuille.

Twee minuten later werd er opgebeld door een wanhopige mevrouw Breine.

Jankel Hofer, die in de winkel was gekomen om haar nog enkele aanwijzingen te geven voor de goede gang van zaken van zijn feestavond, had de verminkte kalkoen gezien. Mevrouw Breine smeekte haar verleider de poot bij haar terug te brengen. Ze was best in staat die met wat gelatine en mayonaiseversieringen weer onzichtbaar aan zijn rechtmatige bezitter te bevestigen, beweerde ze. Charlie vertelde haar met een grafstem dat de poot wijlen was en zei, vervolgens, verbaasd te zijn dat zo'n keurige vrouw als zij was er zulke eigenaardige ideeën op na hield. Waar had ze gedacht de poot aan meneer Hofer vast te plakken? Daarop ging mevrouw Breine zo fel tegen hem tekeer dat Charlie het raadzaam achtte de telefoon heel zachtjes op de haak neer te vlijen.

Jankels feestavond werd in de familiekring opgewekt doorgebracht. Onder Charlies leiding zongen we gezamenlijk het lied van de zilveren poot en hij werd gevierd als de held van de dag, maar hij had een schijnoverwinning behaald.

Jankel gunde geen van allen het genoegen ooit met een enkel woord over zoiets onbelangrijks als een kalkoen te reppen. Daarentegen vertelde hij heel nonchalant nu en dan een kleine anekdote over die goeie minister of die aardige gouverneur om zich daarna plotseling tegen het voorhoofd te slaan en op verontschuldigende toon te zeggen: 'Ach ja, neem me niet kwalijk, ik vergat dat jullie die niet ontmoet hebben...' en dan werd er over de hele linie van verontwaardiging gebeefd. Op het eiland stond mijn woning leeg en Klembem vertoonde zich niet meer. Een heel enkele keer hoorde ik nog wel zijn akelig stemmetje en ik wist dat ook dat gauw over zou zijn. Een ander teken van naderende volwassenheid was dat ik me zorgen begon te maken over mijn onaantrekkelijk uiterlijk. De eerste keer dat ik weer rustig met hem alleen in zijn eigen kamer was, besprak ik die moeilijkheid met meneer Mardell.

'Zo erg lelijk ben je heus niet,' zei hij, 'je lijkt op je vader en hij wordt algemeen niet onknap gevonden behalve door je familieleden aan de overkant die zo hinderlijk trots zijn op hun rechte neuzen. Eigenlijk behoorden die hun, fanatieke zionisten als ze zijn, het onbehaaglijke gevoel te geven voortdurend onder valse vlag te varen.'

Bang dat we van het onderwerp dat me vervulde, zouden afdwalen, uitte ik mijn bezorgdheid dat mijn raar gezicht me wel eens dwars zou kunnen zitten in mijn muzikale loopbaan. De te brede kaken die ik van mijn vader geërfd had kon ik niet, zoals hij, camoufleren met een golvende baard.

Myra Hess en Leona waren allebei zo mooi dat het een even groot plezier was ze te zien als te horen spelen.

Meneer Mardell meende dat, terwijl dat ongetwijfeld een prettige omstandigheid voor de beide dames was, het er voor de ware muziekliefhebber niets toe deed of een kunstenaar al of niet met uiterlijk schoon was gezegend. Hij noemde een groot aantal geniale lelijkerds van beiderlei kunne op die overal ter wereld voor volle zalen zongen, speelden of dansten. Het was een schrale troost.

Salvinia en Menie hadden mij bij mijn eerste bezoek zo ijzig beleefd bejegend, dat ik hen niet meer durfde te gaan begroeten. Ik vertelde het aan Bertha en vroeg haar of ze dacht dat ik hen, per ongeluk, met een of ander beledigd kon hebben.

'Ze zijn niet boos op jou,' zei Bertha, 'maar ze willen niets met je te maken hebben omdat je bevriend bent met Gabriel. Ze zijn woedend omdat hij nu een hogere functie en een beter salaris heeft dan Menie. Ze vinden dat meneer Mardell hem te veel voortrekt, nu weer met die reis en zo, en ik vind dat ze gelijk hebben.'

In mijn hart gaf ik Menie en Salvinia ook gelijk. Meneer Mardell was werkelijk veel te goed voor die jongen. Hij had me zelfs toevertrouwd, dat hij van plan was Gabriel aan het eind van zijn verblijf in Engeland te gaan opzoeken. Hij wilde hem, als beloning voor de vorderingen die hij gemaakt had, een autotochtje aanbieden en daarna samen met hem naar huis reizen, maar er mocht niet over gesproken worden, omdat het een verrassing moest zijn. Door die Gabriel had ik nu al met drie mensen een geheim, ik werd er kregel van.

Ons verblijf was deze keer zo ongewoon vreedzaam en vriendelijk verlopen, dat we zelfs later dan tevoren afgesproken was, naar huis gingen. We werden door alle vrouwen van de familie plus Rosalba naar de trein gebracht en kregen voldoende voedsel mee voor een reis naar Reykjavik, en werden met nadruk door grootmoeder uitgenodigd vooral lang te blijven logeren wanneer we voor haar verjaardag terugkwamen.

Deze zomer was overigens minder opwindend dan die van Bobby en Garen en grootmoeders verjaardag was bepaald tam. Oom Isi kwam ditmaal als voorbeeldig huisvader omstuwd door zijn gezin feliciteren, en iedereen voelde zich lichtelijk bekocht. Oma Hofer, die mij weer verzocht een eindje met haar op te lopen, vertelde dat Gabriel het voortreffelijk maakte en dat die ouwe Mardell haar was meegevallen. Hij zou over een paar weken naar Engeland vertrekken en daar een tijd met Gabriel rondreizen. Ik zei dat ik dat al lang wist van de baas zelf en oma Hofer vroeg of ik alweer aan de overkant was geweest. Daar ik merkte dat zelfs zij geïmponeerd was door mijn vriendschap met de Mardells, deed het mij veel genoegen onverschillig te kunnen zeggen, dat ik de volgende morgen weer voor het eerst naar hen toe zou gaan en verder zo vaak als ik wilde tot we naar huis zouden vertrekken.

Mijn bevlieging voor Lucie was al lang over het hoogtepunt heen, maar zodra ik bij haar was werkte de oude betovering, zodat ik, zonder er een ogenblik over na te denken haar medeplichtige werd, toen ze dat vroeg.

Bij mijn eerste bezoek verklaarde ze ernstig met me te willen spreken.

'Je bent nu al een heel groot meisje,' zei ze, 'en ik geloof dat ik je wel in mijn vertrouwen kan nemen, vooral omdat jij ook op Gabriel gesteld bent.'

Dat dacht zij dus ook al. Ik sprak de onzin maar niet tegen. Ze zweeg lang. 'Speel maar even wat, dan kan ik rustig nadenken.' Ik kon niet pianospelen terwijl ik verging van nieuwsgierigheid en Lucie zei dat ik naast haar mocht komen zitten.

'Je weet hoeveel Gabriel en ik van elkaar houden en dat we graag willen trouwen, maar hierover valt met mijn vader niet te spreken. Gabriel kreeg dadelijk een goede betrekking op een Engelse bank. Hij heeft zichzelf uitstekend de taal geleerd. Het gaat hem heel goed, maar mijn vader is een eigenzinnige, trotse oude man; al werd Gabriel directeur van de Bank of England, zelfs dan zou hij mij niet toestaan met hem te trouwen.'

'Hoe kan dat nou? Je vader houdt van Gabriel, hij is juist zo trots op hem, hij gaat toch met hem op reis?'

'Er is niemand die me helpen kan,' zei Lucie tragisch, 'behalve jij. Je bent net op tijd teruggekomen.'

'Maar Bertha zou je toch ook graag helpen.'

'Dat wil ik niet. Als ik weg ben moet er iemand zijn die goed voor vader kan blijven zorgen. Als hij wist dat ze mij geholpen had bij mijn vlucht, zou hij haar nog dezelfde dag de deur uitzetten.'

'Ga je vluchten? O, wat enig, net een boek.'

'Helemaal niet enig,' zei Lucie bedroefd, 'ik zou veel

liever gewoon uit mijn ouderlijk huis trouwen. Gabriel en ik hebben al die jaren moeten wachten omdat ik nu mijn vaders toestemming niet meer nodig heb.'

Dat was mij te ingewikkeld, maar ik blaakte van ijver. 'Wat moet ik doen, Lucie?' Ze dacht weer lang na. 'Eerst moet ik naar mijn nichtje, dat in Engeland woont, schrijven en haar vragen of ik bij haar kan logeren; want ik moet veertien dagen in het land zijn voor ik er kan trouwen en Gabriel en ik willen volkomen correct zijn. Ik ga niet eens in een hotel logeren.'

Dit was weer veel te moeilijk voor mij. 'Dan moet ik,' vervolgde Lucie, 'zodra ik weet wanneer ik bij haar terecht kan, op een ochtend hier vandaan net of ik gewoon een dagje uit ga, zonder koffer.'

'Moet ik dan koffers en kleren voor je naar buiten smokkelen?'

'Dat zou heel prettig zijn, maar dat kan niet. Waar zou je met die koffers heen moeten in je grootmoeders huis? Alles zou meteen uitkomen. Nee, jij moet mijn juwelen nemen. Dat zijn er niet zoveel, die kun je best in je muziektas stoppen, daar kijkt zeker niemand in en als ik wegga breng je ze me naar het station.'

Lucie gaf me een papieren zakje van een confiserie. 'Hier is de eerste portie,' zei ze. Er zat een parelsnoertje in met een diamanten slot.

'Iedere dag dat je komt spelen zal ik je wat meegeven.'

Ik stopte de parels tussen de brave, versleten ruggen van Mozart en Brahms.

'Toen Gabriel die tas voor me maakte heeft hij niet kunnen denken waarvoor die nog eens gebruikt zou worden.' Lucie glimlachte. 'Ik wel,' zei ze dromerig.

De brief naar de Engelse nicht schreef ze nog dezelfde ochtend, ook die moest ik naar buiten smokkelen en posten. De nicht antwoordde (poste restante) dat Lucie te allen tijde bij haar terecht kon, en deze besloot de volgende maandag te verdwijnen. Ze vroeg of ik dacht dan nog in de stad te zijn en dat wist ik niet. In mijn cholerische familie kon je je niet aan voorspellingen wagen.

Het lot was ons gunstig en op een zonnige augustusmorgen ging ik niet naar de overkant zoals algemeen werd aangenomen, maar naar het station waar ik Lucie zou ontmoeten bij de trein voor Calais. Ik was een beetje verdrietig haar voorlopig voor het laatst te zien, maar het zou een opluchting zijn wanneer ik de juwelen weer in haar hoede wist. Ze droeg een lichtblauwe zomerjurk. De trein zou pas over twintig minuten vertrekken en ik ging bij haar in de coupé zitten. Ze dankte me dat ik haar zo flink geholpen had, en vroeg me haar nog een laatste en moeilijke dienst te bewijzen.

'Over een paar dagen moet jij naar vader gaan, jou zal hij zeker altijd binnenlaten. Je zegt hem dan hoe verdrietig Gabriel en ik het vinden dat we tot deze stap moesten overgaan, maar dat hij ons geen andere mogelijkheid liet. Ik schrijf hem trouwens zodra ik in Engeland ben, want ik wil niet dat hij ongerust over mij is. Zeg vader ook dat Gabriel en ik heel veel van hem houden en dat we hopen dat alles gauw weer even goed tussen ons zal zijn als het altijd geweest is.' Ze kuste me en wenste me succes toe bij mijn diplomatieke missie. Ik moest de trein uit en wuifde haar na zolang ik nog een glimp van haar gelukkig gezicht meende te zien.

Het was een moeilijk geheim om voor mezelf te houden; maar mijn verantwoordelijkheidsbesef legde me het zwijgen op. Tegen mijn moeder zei ik dat ik niet bij Lucie ging pianospelen omdat ze voor korte tijd uit de stad was.

Na enkele dagen kreeg ik een briefje uit Londen waarin ze me herinnerde aan mijn belofte. Gabriel schreef er een paar regels bij en noemde me hun dappere fee. Die eretitel moest ik nog verdienen. Ik stelde me voor als een dappere fee meneer Mardells kamer binnen te zweven en hem zo wijs toe te spreken dat hij een paar ontroerde tranen zou storten en zeggen: 'Alles is vergeten en vergeven dank zij jou, Gittel, schrijf maar dat mijn kinderen onmiddellijk naar huis mogen komen.'

Opgewekt en overtuigd van mijn zege liep ik de volgende morgen naar het huis waarin ik zoveel goede uren had doorgebracht. Ik belde aan en werd opengedaan door Bertha. Ze schrok toen ze me zag, tranen rolden over haar wangen. 'O, Gittel,' snikte ze, 'er is een groot ongeluk over ons gekomen.' Salvinia stak haar hoofd door het loket. Ze hield een wijsvinger tegen haar besnorde bovenlip. 'Stil dan toch, stil dan toch,' siste ze met een schichtige blik in de richting van meneer Mardells kamer. Bertha vertelde aldoor snikkende, dat meneer Mardell na ontvangst van Lucies brief geweigerd had te eten, te slapen of iemand te spreken; ja, deze uiterst keurige man had zichzelf sindsdien niet eens meer geschoren, 'net of hij in de rouw is'.

Salvinia stak weer behoedzaam haar hoofd door het loket: 'zelfs met ons,' fluisterde ze, 'heeft hij niet meer gepraat sinds die brief kwam. Menie en ik werken maar zo'n beetje in het wilde weg, we weten niet wat we moeten doen, wij durven niet naar hem toe en hij heeft nog niet om ons gebeld,' en op datzelfde ogenblik belde hij. Salvinia viel bijna door het loket in haar ijver zo spoedig mogelijk bij hem te zijn. 'Goddank,' steunde Bertha, 'nu zal hij weer gewoon aan het werk gaan.'

Salvinia kwam onmiddellijk terug, krijtwit.

'Hij heeft gehoord dat jij hier bent,' zei ze angstig, 'en nu zegt hij dat jij bij hem moet komen. O, ben je niet bang?'

Ik voelde me zo mogelijk nog meer 'dappere fee' dan tevoren en schudde flink en feeëriek naar ik hoopte, het hoofd. Bewonderend nagestaard door Bertha en Salvinia maakte ik kalmpjes de blond-glanzende deur open. Zoet glimlachend ging ik de vertrouwde kamer in. Meneer Mardell zat achter zijn bureau, ongeschoren, vermagerd en verouderd. Toen ik de deur achter mij gesloten had en nog steeds met die verwaten glimlach naar hem toeliep, zei hij:

'Jij...'

Dat enkele woord volstond om me zijn diepe afkeer duidelijk te maken. Mijn knieën knikten en ik zag niets anders dan de verachtende blik waarmee hij mij bekeek. Ik ging zitten in de stoel tegenover hem, hij bleef me zonder iets te zeggen aanzien.

'Meneer Mardell,' stotterde ik, 'u moet niet boos zijn op Lucie of Gabriel, of mij.'

'Zo, ik moet niet boos zijn,' bauwde hij me na, met een vreemde schorre stem. 'Over Lucie en Gabriel zal ik meteen spreken, maar eerst heb ik een appeltje te schillen met jou. Weet je wat jij bent?'

Nee knikken was alles waartoe ik in staat was.

'Jij bent een verraadster.'

Hij stond op uit zijn stoel en begon heen en weer te lopen als een dier in een kooi.

'Een ondankbare verraadster ben je. Ik begrijp niet hoe iemand zo jong al zo doortrapt gemeen kan zijn.'

'Maar Lucie en Gabriel houden zoveel van elkaar, hij is toch zo'n flinke jongen, dat hebt u altijd zelf gezegd, en nu vindt u hem opeens niet goed genoeg voor haar.'

'Niet goed genoeg? Niet goed genoeg? Wie denkt dat? Hij verkoopt zich aan een veel oudere vrouw, de dwaas. Hij zal er nog eens spijt van hebben als haren op zijn hoofd, maar over mijn dochter en die stommerik spreek ik later, nu heb ik het over jou, verraadster. Schaam je je niet?'

Hij was altijd goed voor me geweest. Hij had dat dierbare schilderij om mij een plezier te doen boven de vleugel gehangen. Hij luisterde geduldig als ik om raad of een oordeel vroeg, en het was ellendig om hem ongeschoren en verfomfaaid te zien, niet meer de wereldse, elegante meneer Mardell, alleen nog maar een verdrietige, gekrenkte, boze oude jood. Ik begon hardop te huilen.

'Jij denkt zeker,' vervolgde hij, 'dat je een heel mooie rol gespeeld hebt in deze ongelukkige historie. Niets is minder waar. Dat tweetal was best zonder je handlangersdiensten hier vandaan gekomen. God weet dat mijn dochter meerderjarig is. Dertig jaar oud is ze, de zottin. Ze had mijn toestemming in Engeland niet nodig, maar ze kon voor haar dertigste jaar niet aan haar moeders erfenis komen, maar daar hebben we het nu niet over, we hebben het over jou.'

Hij was weer de kamer rond geweest. Het wit van zijn ogen was geel geworden en één oog was bloeddoorlopen. Opeens begon hij heel hard te lachen. Bertha en Salvinia, die met hun oren tegen de deur gedrukt getracht hadden alles wat er gezegd werd te volgen, waagden het op dat geluid binnen te komen.

'U lacht tenminste weer,' zei Bertha, opgelucht, 'ik breng u direct uw ontbijt.'

'Weg jullie,' snauwde meneer Mardell, 'eerst moet ik met deze dame afrekenen,' en toen ze treuzelde nam hij een boek op en deed alsof hij het naar haar hoofd wilde slingeren. Ze schoten ijlings de kamer uit en hij begon weer zo vreselijk te lachen. 'Jij bent zo'n stom kind, hè. Zo'n volslagen idioot, en die twee slimmeriken hebben dat heel goed ingezien. Zij wisten dat ik erg op je gesteld was; dat was ik heus.' Hij zag me aan: 'Dat wist jij ook, nietwaar?'

'Als jij die twee niet geholpen had, had jij Lucies

plaats kunnen innemen, maar dat valse stel heeft daar heel netjes een stokje voor gestoken, door je bij de vlucht te betrekken. Ze weten dat ik alles kan vergeven, behalve verraad en ondankbaarheid.' Hij liep de kamer rond tot hij weer naast mijn stoel stond. 'Jou wil ik nooit terugzien.'

Ik stond op om te gaan.

'Ga zitten, ik ben nog niet uitgepraat, het minste wat je doen kunt, nadat je je zo zeldzaam fraai gedragen hebt, is mij rustig aan te horen en zit niet te snotteren en kijk me aan als ik tegen je spreek. Ik gooi je direct de deur uit en waag het niet mij weer onder de ogen te komen, maar voor je voorgoed hier weggaat, zal ik je wat voorspellen. Jij zult je hele leven lang ongelukkig zijn en altijd overal intrappen. Iedereen die jij vertrouwt zal dat vertrouwen beschamen. En als mensen het goed met je menen zal je te stom zijn het naar waarde te schatten. Het kan best zijn dat ik na verloop van tijd mijn dochter en die handige sinjeur, mijn schoonzoon, weer in genade zal aannemen, maar jou vergeef ik nooit. Mijn schoonzoon! Het is om je dood te lachen.'

Hij kwam naast me staan. 'Jij denkt zeker dat Gabriel echt verliefd op mijn dochter is? Geen sprake van. Heb je de *Camera Obscura* gelezen?'

'Ja, meneer Mardell.'

'Dan weet je ook van Keesje, die zijn lijk wilde verbeteren. Dat wilde Gabriel ook en op deze manier dacht hij de meeste zekerheid te hebben. Voor jou is geen zekerheid weggelegd. Jij lijkt op je vader, maar hij beseft dat hij een schlemiel is. Jij zult altijd geloven het geluk binnen je bereik te hebben en niet anders dan teleurstelling en verdriet ondervinden.' Ik herinnerde mij plotseling mevrouw Kniepers' kelken vol vreugde en leed en stotterde dat ik dan tenminste de 'Appassionata' goed zou leren spelen. Meneer Mardell zweeg even en toen heeft hij mij vervloekt.

'Misschien leer je dat werkelijk eens, als je heel oud bent,' lachte hij, *'maar dan zal er niemand zijn die naar je zal willen luisteren,* of dacht je heus een bekende concertpianiste te kunnen worden zonder over geld, macht of intelligentie te beschikken?'

Ik stond op en tastte mijn weg naar de deur. In de gang struikelde ik over Salvinia en Bertha, die me ijverig begonnen te ondervragen. Meneer Mardell maakte de deur open. Hij leek ineens weer op zichzelf.

'Kom even terug, Gittel, ik moet je nog iets zeggen. Ik ben niet meer boos.' Ik durfde de kamer niet in en kroop achter de twee ontstelde vrouwen weg. 'Je mag aan Lucie schrijven, dat ze over een paar maanden bij me op bezoek mag komen, dat vind je toch prettig om te doen, nietwaar? Geef me nu maar de hand, dan scheiden we tenminste als goede vrienden, maar wees niet teleurgesteld als je noch van Lucie of haar man ooit weer iets zult horen. Beschouw het als een les in het leven.'

'Vooruit,' vleide Bertha, 'geef meneer Mardell een hand,' maar dat kon niet meer. Ik rende naar buiten op zoek naar een plek om bij te komen.

Aan het begin van de laan was iedere bank op het middenpad onder de bomen bezet door moeders met joelende kinderen. Verderop vond ik er ten slotte een waarop een modderig oud vrouwtje behaaglijk ineengekruld lag te slapen. Er was net genoeg plaats over, om zonder tegen haar kapotte schoenen te stoten, naast haar te zitten huilen.

Doortrapt gemeen had meneer Mardell me genoemd en dat was ik: een volslagen idioot, dat was ook waar, maar waarom was hij zo boos dat Lucie met Gabriel wilde trouwen die volgens hem veel te goed voor haar was?

Mijn vruchteloos gepeins werd gestoord door een heldere stem. 'Nee maar, als dat Gittel niet is! Wat mankeert eraan? Heb je je pijn gedaan?'

Versuft keek ik op naar een rijzige, blonde, jonge vrouw, die in iedere hand een zware tas droeg, gevuld met vruchten en groenten. Prei en peterselie, kool, appels en meloenen staken vrolijk af tegen het korenblauw van haar katoenen jurk.

'Ken je Odette Bommens niet meer?'

Ze was bijna onherkenbaar veranderd, veel slanker en energieker leek ze tien jaar jonger dan toen ik haar de laatste keer zag.

Ze keek me bezorgd aan: 'Wat is er met je gebeurd en hoe kom je erbij naast die ouwe viezerik te gaan zitten?' Het zuchten aan het begin van iedere zin had ze afgeleerd.

Over mijn verdriet wilde ik liever niet spreken.

'Dat hoeft ook niet,' zei madame Odette, ze begreep

het wel, maar nu ik zo vlakbij was moest ik even met haar meegaan om Arnold te begroeten. Ze maakten het allemaal best. Robert en Lucien waren tevreden op school en zijzelf werkte heel prettig met haar broer samen.

Na het blakende zonlicht in de straten konden mijn brandende ogen aanvankelijk weinig onderscheiden in het fluwelig schemerduister van Arnolds kroeg. Nadat ik eraan gewend was, bewonderde ik de oude meubels, het blinkende koper en de tapkast, die even overdadig voorzien was van verguld lofwerk als het fierste pierement.

Odette zei dat een glas bier me zou opknappen. Ze tapte het vakkundig, met een ferme schuimkraag, zonder een druppel te morsen.

Daarna vroeg ze me een gebeeldhouwde Mechelse kast, die ze in de was had gezet, uit te wrijven. Onderwijl kon zij koffie zetten.

Ik mocht mij aan de moeilijkste hoek wijden, waar drie heren in middeleeuws kostuum met opgeheven bekers naar de voorbijgangers wuifden. Eerst met een dun houtje de overtollige was uit alle gleufjes verwijderen en dan maar boenen.

'Niets helpt zo goed tegen vrouwenverdriet als boenen of koperpoetsen,' zei madame Odette. Ze had er vaak naar gesnakt toen de barones nog leefde, maar die had haar streng verboden het personeel het werk uit handen te nemen. 'Het was een grote teleurstelling voor mama, dat ik maar zo'n doodgewoon meisje bleef, terwijl zij zo'n echte dame-van-de-wereld was.'

Arnold Bommens werd uit de wijnkelder naar boven ontboden en omhelsde me met zijn eigen warme hartelijkheid.

Ik gunde mezelf nauwelijks de tijd rustig Odettes uitstekende koffie op te drinken. Twee van de Mechelse heren glommen, bekers en al, en het was mijn eer te na de derde dof te laten. Toen Arnold vroeg of ik zin had in wafels zei zijn zuster dat hij behoorde te weten dat ik die niet mocht hebben vanwege het geloof. Doortrapt gemeen als ik nu eenmaal was, loog ik dat wafels geoorloofd waren. Na een uur bracht madame Odette mij naar huis, maar ze weigerde mee naar binnen te gaan. Bij echte dames ging ze niet meer op bezoek. Ik dankte haar voor de prettige ochtend en ze zei ten afscheid dat ik haar moest beloven nooit meer om een man te huilen, want geen van hen was het waard.

Mijn beproevingen waren nog niet ten einde. Thuis hoorde ik al op de trap de harde, eentonige stem van het meisje met wie Charlie zich over een paar weken zou verloven. Zoals alle prille tantes voelde ze zich verplicht erg lief tegen haar nieuwbakken neefjes en nichtjes te doen. Ze begroette mij dan ook met een blijde kreet en een natte zoen. Charlies keus was mij destijds een raadsel. Zijn aanstaande vrouw was onelegant en vervelend. Haar stemgeluid bezorgde mij bovendien steevast schele hoofdpijn. Sindsdien heb ik geleerd, dat mannen die een aantal bekoorlijke vrouwen van anderen wisten te verleiden, in de onaantrekkelijkheid van hun eigen wettige gade een waarborg menen te hebben tegen het gewei, dat door hen in hun wilde jaren zo graag op menig hoofd werd geplant.

'Heb je mooi piano gespeeld bij de Mardells?' krijste de onaangename stem van mijn nieuwste tante en ik zat te zinnen op een geschikt antwoord toen de deur van de kamer werd opengerukt door oma Hofer.

Zonder links of rechts te kijken, zonder iemand te begroeten, kwam zij op mij af. Ze ging voor mij staan en trok zorgvuldig haar zwarte glacéhandschoenen uit. Ze legde ze op tafel neer. 'Jij wist het,' zei ze, 'vals kreng,' en ik kreeg op iedere wang een klap waar ik sterretjes van zag. Mijn grootmoeder, Rosalba en de jonge tante die versteend van schrik de mishandeling hadden aangezien, begonnen gezamenlijk heftig te protesteren, maar oma Hofer trok kalm haar handschoenen weer aan.

'Heb je het verdiend of niet?' vroeg ze.

Ik zei dat ik het verdiend had, zodat ze ongemolesteerd door de drie oprecht woedende vrouwen het huis kon verlaten.

'Wat heb je in hemelsnaam op je geweten?' vroeg grootmoeder.

Zonder iets te zeggen holde ik de trap op naar de logeerkamer.

's Middags bracht Charlie het nieuws van Lucies vlucht mee uit de diamantbeurs. Ik kreeg veel te horen over mijn achterbaksheid maar geen van allen kwam ooit te weten hoe nauw ik bij de zaak betrokken was geweest. Meneer Mardell moet Salvinia en Bertha op onbarmhartige wijze het zwijgen hebben opgelegd.

Aan Lucie schreef ik een kort briefje waarin ik haar op zakelijke toon meedeelde dat ze haar vader over een paar maanden kon bezoeken.

Een van zijn voorspellingen kwam al uit. Ze antwoordde niet.

XI

Rosalba's dood was even stil en geheimzinnig als haar leven. Fredie vond haar op een morgen bewusteloos onder aan de trap liggen. Ze hield het blad waarop ze grootmoeders ontbijt naar boven had gebracht zo vast in haar harde werkhanden geklemd dat het er met moeite uit verwijderd kon worden.

Ze leefde nog enkele dagen, meestal buiten kennis. Grootmoeder weigerde haar naar een ziekenhuis te laten vervoeren, ze wilde ook niets van een verpleegster horen. Zevenendertig jaar was Rosalba haar trouwe gezellin geweest, zei ze, geen vreemde handen mochten haar nu verzorgen.

Ze dacht er goed aan te doen de anglicaanse dominee bij de zieke te ontbieden, daar deze, met het eind in zicht, misschien toch nog vertroosting zou vinden in het, geloof dat ze gedurende haar leven vergeten had. De bejaarde predikant had bij de stervende plaatsgenomen en prevelde gebeden, toen ze plotseling de ogen opsloeg en hem naast haar bed ontwaarde.

Haar blik zocht die van mijn grootmoeder. 'Wat doet die ouwe goj hier?' vroeg ze, 'stuur hem weg, ik heb hem niet nodig.'

Het waren haar laatste woorden.

Rosalba was altijd een bescheiden figuurtje op de achtergrond geweest, maar grootmoeders huis was stil en leeg zonder haar, toen we er terugkwamen na de begrafenis.

De dominee was ook gekomen, hij kon bij Rosalba's open graf lang en ontroerend spreken, nu ze niet meer bij machte was te protesteren tegen zijn aanwezigheid. Na een paar weken van diepe rouw vond grootmoeder een jong, opgewekt Brabants jodinnetje, bereid en bekwaam Rosalba's taak over te nemen.

Door haar vrolijke aanwezigheid veranderde de sfeer in huis volkomen. Alle ooms, getrouwd of niet, werden op slag verliefd op haar en het was vermakelijk te zien hoe handig ze hun pogingen tot toenadering met een grapje wist af te weren.

Grootmoeder begon aan haar tweede jeugd. Ze schafte zich een aantal parelgrijze en lavendelkleurige japonnen aan die in geen enkel opzicht herinneringen aan Koningin Victoria opriepen. Ze ging veel op reis en de speelduivel kreeg haar te pakken. In Oostende en Spa werd ze een graag geziene klant van de speeltafels. Oma Hofer, die overal haar spionnen had, wist op een frank nauwkeurig de grootte van de bedragen die grootmoeder vergokte, aan haar verontruste nakomelingschap mee te delen.

Na een paar maanden werd in een haastig bijeengeroepen familieraad de mogelijkheid overwogen haar onder curatele te doen stellen, maar na veel heen en weer gepraat ging de raad uiteen zonder tot een besluit te komen.

Grootmoeder bracht zelf een eind aan haar korte vrijheidsroes door een beroerte te krijgen, die het haar onmogelijk maakte ooit weer aan de tedere waakzaamheid van haar kinderen te ontsnappen.

Ze leek tientallen jaren verouderd toen ik haar voor het laatst zag.

De kokette pruik waarmee ze zoveel ergernis had opgewekt, was veel te zwaar voor haar geworden. Om haar scheefgetrokken gezichtje, waarvan de linkerhelft volkomen verstijfd was, hingen een paar dunne sliertten wit haar. Ze kon nog slechts met moeite een paar meestal onverstaanbare woorden uitbrengen.

Eens toen ik alleen naast haar bed zat zei ze, plotseling vrij duidelijk: 'Ik ben zo blij dat ik volgend voorjaar de kastanjes niet zal zien bloeien.'

Moeizaam vertelde ze hoe ze haar eerste kind begraven had ergens in een ver land, waar dat geweest was kon ze zich niet meer herinneren, 'maar het was zo'n mooi kindje.' Ze huilde op de hartverscheurende wijze van oude, zieke mensen, harde snikken zonder tranen. 'En alle kastanjebomen waar we langs kwamen op weg naar huis, zoveel kastanjebomen, vol witte en rode kaarsen... Ik heb ze daarna altijd gehaat.'

Ze was mijn grootmoeder en ik had het gevoel naast een vreemde te zitten. Mili zei dat ieder mensengezicht een verborgen verhaal bevatte, maar alleen wijze ogen konden het goed lezen.

Hoe eenzaam en bitter mijn grootmoeders leven is geweest, ondanks haar groot gezin, bleek na haar dood uit de laatste regels van haar testament, waarvan alle vrouwen in de familie een afschrift kregen.

'Aan mijn dochters en kleindochters wens ik dringend het volgende te raden: Houdt personeel nooit langer in dienst dan ten hoogste vijf jaar.'

Rosalba's geheim verhaal had ik dus ook al verkeerd gelezen.

De laatste keer dat ik bij grootmoeder kon logeren had ik gezien dat het huis van de Mardells onbewoond was en beplakt met makelaarsbiljetten.

Lucie was met Gabriel in Londen gebleven en haar vader woonde, in afwachting van zijn immigratievisum voor de Verenigde Staten, in een hotel in Brussel.

Gabriel zag zijn geliefd Antwerpen niet meer terug. Hij stierf plotseling een paar jaar later aan een longziekte.

Na de gebruikelijke rompslomp die het verdelen van een erfenis met zich brengt, kreeg mijn moeder na een halfjaar haar deel. Het bedrag viel mee.

Nadat alle schulden betaald waren, was er voldoende over om een huis te kopen, en bovendien nog een kleinigheid om in een geschikt zakenproject te steken. Mijn vader zou het liefst meteen met ons naar Mesopotamië, het land zijner dromen, getrokken zijn. Waarom hij er zich zo toe aangetrokken voelde is mij nooit duidelijk geworden. De klankvolle naam wekte waarschijnlijk duizend-en-één-nacht-associaties bij hem op. Oom Wally moest eraan te pas komen om hem van het wilde avontuur te weerhouden en tot dank werden hij, tante Eva en Mili te eten gevraagd om onze herwonnen welstand te vieren. Bij het dessert stond Wally op en tikte tegen zijn glas. Hij verzocht ons een dronk met hem te wijden aan een man, die, hoewel hij alle deugden in zijn persoon verenigde, door zijn tijdgenoten en zelfs door zijn naaste omgeving die toch het voorrecht had dagelijks van zijn eminente kwaliteiten te mogen genieten, niet geheel naar waarde geschat werd. 'Een voortreffelijk echtgenoot, een toegewijde vader, een trouw vriend,' oom Wally moest even ophouden om op adem te komen, mijn vader glimlachte gevleid en sloeg bescheiden de ogen neer. 'Een man,' vervolgde Wally met stemverheffing, 'die zich niet laat terneerslaan door tegenspoeden maar die ook op zijn tijd weet wat feesten is. Een man, om het kort en krachtig te zeggen, zoals er in iedere eeuw hoogstens een geboren wordt. Ik verzoek u, waarde disgenoten, om uw glazen te ledigen op de gezondheid van uw aller Wally!'

Nadat we wat van de verontwaardiging bekomen waren hielden we om beurten een rede op onze eigen voortreffelijkheden, behalve tante Eva, die na: 'waarde disgenoten', de slappe lach kreeg.

Na tafel bood ze ons, een en al hartelijkheid, haar hulp aan bij de inrichting van het nieuwe huis. Ze trok me op haar schoot en sloeg haar armen om me heen.

‘In welke kleuren wil jij je kamertje inrichten, Gittel?’

‘O, blauw of zoiets,’ zei ik onverschillig. Mijn moeder klaagde dat ik de laatste tijd zo ontevreden was, dat er geen land met me te bezeilen viel, maar tante Eva had altijd een verontschuldiging bij de hand.

‘Je zult zien hoe prettig ze het zal vinden als we eenmaal aan de gang zijn,’ zei ze vergoelijkend, ‘jullie moeten niet vergeten dat ze veel heeft moeten doormaken het afgelopen jaar. Ze heeft natuurlijk nog verdriet over haar grootmoeder en Rosalba.’

In het afgelopen jaar had ik veel meer doorgemaakt dan ze kon vermoeden en ik wilde bedachtzaam en voorzichtig zijn, als de wijze maagden. Ik dacht er niet aan te treuren om twee vrouwen die elkaar gehaat hadden. Rosalba was een geniepige sar geweest, en de ware reden van grootmoeders trouwe wacht aan haar ziekbed: een diepe vreugde aan de doodsstrijd van haar kwelgeest, was huiveringwekkend. Aan de Mardells en Gabriel wilde ik niet meer denken en blij zijn om de verbetering in onze financiële toestand wilde ik ook niet, want met mijn vaders wijze van zaken doen zou die toch maar van korte duur kunnen zijn. Ik zou drommels goed uitkijken en nergens meer intrappen, en ik zou op die manier nooit de Appassionata goed spelen, en ondertussen zat ik nog steeds op tante Eva’s schoot en haar kon ik niet langer op een antwoord laten wachten.

‘U hebt het goed geraden,’ fluisterde ik in haar oor, ‘ik ben nog steeds verdrietig over grootmoeder en

Rosalba,' en terwijl ik het zei, wist ik dankbaar, dat ik niet gelogen had.

Scheveningen 1958

Verklarende woordenlijst

Schlemiel – sukkel, pechvogel
Koosjer – term voor spijzen die overeenkomstig de ritus toebereid zijn
Sjnorrer – bedelaar
Jesjiva – talmoedschool
Gotspe – brutaliteit
Sjoel – synagoge
Sjabbes – sabbath
Keppel – kalotje
Sjammes – koster
Rebbe (mv. rabbonim) – rabbijn
Rebbetsin – echtgenote van een rabbijn
Kugel – ronde broodpudding
Bandeau – verplichte hoofdbedekking van de vrome, gehuwde jodin
Goj (mv. gojim) – niet-jood
Mesjogge – gek
Falderappes – tuig van de richel

Een wijze vrouw

Mieke Tillema

Een dwaze maagd van Ida Simons is een 'Kostelijk debuut van een wijze vrouw', kopt de *Haagsche Courant* na het verschijnen van de roman in het voorjaar van 1959. Wie is die wijze vrouw?

Ida Simons wordt geboren als Ida Rosenheimer in Antwerpen, op 11 maart 1911. Haar ouders komen uit gegoede joodse koopmanfamilies. Haar vader heeft de Duitse nationaliteit, haar moeder is Nederlandse, maar ze is in Engeland geboren en spreekt liefst Engels. Voor een toekomstig Nederlands schrijfster is het een klein-Babylonische omgeving waarin ze opgroeit, met het Vlaams op straat en Duits, Engels, wat Nederlands en Jiddisch thuis. Het Vlaams zal ze niet lang horen. Drie jaar na haar geboorte bereikt de Eerste Wereldoorlog België: alle Duitsers moeten in augustus 1914 het land uit. Zoals veel Duitse joden gaan de Rosenheimers naar Scheveningen, waar ze zullen blijven en in 1921 de Nederlandse nationaliteit verkrijgen.

Ida wil, net als Gittel uit *Een dwaze maagd*, niets liever dan pianospelen. Ze krijgt les, onder anderen van de grote Chopinvertolker Jan Smeterlin. Ze wordt een geliefd concertpianiste in binnen- en buitenland. In

1933 trouwt ze met de jurist David Simons; hun zoon Jan wordt geboren in 1937.

Op 21 april 1943, negenentwintig jaar na het gedwongen vertrek uit Antwerpen, moet Ida met man en zoon Scheveningen verlaten; nu vanwege de Tweede Wereldoorlog. Via Barneveld wordt ze naar Westerbork en Theresienstadt gevoerd. Ze overleeft de kampen, ze geeft er zelfs concerten. Maar haar gezondheid heeft ernstig geleden en in de loop van de jaren vijftig besluit ze niet verder te gaan met het zware concertleven, ondanks een succesrijke tournee door Amerika in 1950-1951.

Dan pas wordt Ida Simons schrijfster. Haar prozadebuut is de novellebundel *Slijk en Sterren*, die in 1956 verschijnt onder het pseudoniem C.S. van Berchem. Deze bundel krijgt nauwelijks aandacht in de pers. Toch schrijft ze door. *Een dwaze maagd* komt begin 1959 uit. Een jaar later overlijdt ze onverwacht op 27 juni 1960.

Deze beknopte biografische schets doet uiteraard geen recht aan de fascinerende, zowel stralende als tragische persoonlijkheid van Ida Simons. Sinds ik me met haar bezighoud, heb ik me erover verbaasd dat zij in de vergetelheid is geraakt. Haar romandebuut was bij het eerste verschijnen al een overweldigend succes.

Van *Elseviers Weekblad* tot de *Haagsche Courant*, van *De Telegraaf* tot de *NRC*, van de *Leeuwarder Courant* tot *Het Vaderland*: dag- en weekbladen uit het hele land besteden aandacht aan dit werk. De recensenten gebruiken de meest complimenteuze adjectieven om haar werk te kenmerken: fijnzinnig, sprankelend, oorspronkelijk, ongekunsteld, kleurrijk, speels, aangrijpend en wijs.

'*Een dwaze maagd*, het in veel opzichten vrijwel perfecte boekje van Ida Simons', schrijft Adriaan van der Veen in *NRC*. Met instemming citeert Kees Fens deze uitspraak in zijn in memoriam in *De Tijd*. Een geboren schrijfster noemt hij haar, die grote verwachtingen had gewekt door het meesterschap waarmee ze de taal bespeelt. Vooral van haar ironische typeringskunst is hij onder de indruk en iedereen die alleen al de eerste alinea's van dit boek gelezen heeft, zal het met hem eens zijn.

Ook Van der Veen is geïmponeerd door de kracht van haar stijl: 'amusant en geestig, levendig en kernachtig,' terwijl 'de grondtoon van het boek droef is, vol van deceptie als hoofdervaring in het leven'. Deze paradoxale combinatie is typerend voor het werk van Ida Simons: 'humor is [...] de kleurige lap die een wond moet bedekken', zegt ze in een gedicht.

Veel recensenten gaan ervan uit dat dit boek haar eersteling is en daar verbazen zij zich over: 'Het is moeilijk, hier het geloof aan een debuut op te brengen', schrijft de recensent van *De Linie*. 'Het boek getuigt van een gerijpte begaafdheid, en ontwikkeld talent en van een zó groot technisch kunnen als men bij een debuut maar hoogst zelden aantreft', vindt Ben van Eysselsteijn in de *Haagsche Courant*. Van der Woude (in het *Nieuwsblad van het Noorden*) ziet in haar een literair talent van allure en besluit zijn bespreking met de woorden: een debuut van deze kwaliteit komt zelden voor.

Er worden ook kritische opmerkingen geplaatst, maar allen zijn het erover eens dat *Een dwaze maagd* een bijzonder en belangrijk boek is. Zo besluit Greshoff in *Het Vaderland* zijn recensie: 'Wanneer men de kritische opmerkingen zwaar laat wegen, dan nog slaat de schaal geheel door ten gunste van Ida Simons, [...] zodat ik *Een dwaze maagd* [...] tot de boeken reken die men bezitten moet, zo men er prijs op stelt het goede dat de letterkunde van heden voortbrengt te verzamelen.' Bij de verschijning van haar postuum uitgegeven *Als water in de woestijn* (1961) zal hij nog duidelijker zeggen wat *Een dwaze maagd* toen opriep: ' En opeens wisten allen die in de letterkunde opgaan: dat is het! Hier hoorden wij een nieuwe eigen stem. Dat dit boek bijna onmiddellijk door alle kenners ontdekt werd, heeft mij nimmer verbaasd.'

De vroege dood van Ida Simons bracht verslagenheid teweeg, zoals uit de vele in memoriam artikelen blijkt. Men wist dat ze zich al lange tijd niet goed voelde. Ze werkte hard om haar tweede roman *Als water in de woestijn* af te krijgen. Dat is niet gelukt. De uitgave van 1961 bevat de eerste drie hoofdstukken, die afgerond waren, aangevuld met een aantal losse verhalen.

Een van die verhalen wordt na haar dood, maar nog voor de verschijning van dit boek, geplaatst in het *Nieuw Vlaams Tijdschrift*. Redacteur Karel Jonckheere schrijft een kort nawoord en citeert daarbij uit een brief van

16 mei 1959 van Ida Simons: 'Mijn opus 2 schiet braaf op. Het zal een soort lappendeken worden, omdat ik er van alles instop wat ik nog heb liggen en bepaald kwijt wil voor het geval dat ik mijn 50ste verjaardag niet haal [11-3-'61], waar alle kans op is, want ik voel me de laatste maanden miserabel en doodmoe; maar ook daar zal ik wel overheen komen.'

Dat bleek haar niet gegeven.

Bij latere drukken wordt *Een dwaze maagd* niet meer uitvoerig besproken, maar als er iets staat, is het positief, zoals in de *Friese Koerier*: 'Nog altijd kennen te weinig mensen dit boek.' Dat lijkt zo te blijven – tot de heruitgave in 2014.

De enige die voor die tijd geregeld een lans breekt voor haar werk is Maarten 't Hart. Zo vertelt hij in *NRC Handelsblad* (28-7-1978) dat hij in zijn studententijd zijn vrouw de romans van Vestdijk voorlas terwijl zij kookte. 'We herinneren ons ook nog goed dat we bij wijze van afwisseling één keer een werk van een ander hebben genomen, namelijk *Een dwaze maagd* van Ida Simons, en aan dat prachtige boek bewaren we de allerbeste herinneringen.'

In *NRC Handelsblad* van 15-2-2007 is hij verbolgen over een lijst van de 250 beste boeken, waar 'de mooiste romans uit de Nederlandse literatuur' niet in opgenomen waren – onder de opvallendste omissies rekent hij *Een dwaze maagd*. In die zelfde krant schrijft hij vijf maanden later het artikel *Literair Hoogtepunt*, gewijd aan Ida Simons en haar dwaze maagd: 'Wat is het een prachtig boek. Deze roman is één van de hoogtepunten uit de Nederlandse literatuur.'

Critici en lezers geven hem gelijk bij de heruitgave in 2014: meteen na verschijnen krijgt de roman de meest lovende recensies. *Trouw* noemt Simons 'een Antwerpse Jane Austen', *De Standaard* schrijft: 'Een boek dat je moet hebben'. 'Een uitgekiende stijl van een uitzonderlijk talent. Een schitterende roman,' vindt Erik van den Berg in *de Volkskrant* en '*Een dwaze maagd* is een even gevoelige als onsentimentele roman. U hoeft voorlopig geen ander boek te lezen, schrijft Arjen Fortuin in *NRC Handelsblad*.

Daar sluit ik me gaarne bij aan.

Juli 2014

MIEKE TILLEMA is neerlandica. Zij bereidt een biografie over Ida Simons voor.

Meer informatie over Ida Simons
en de boeken van Uitgeverij Cossee
vindt u op onze website www.cossee.com

Wilt u op de hoogte blijven van alle uitgaven
en activiteiten van Uitgeverij Cossee, meld u dan aan
voor de nieuwsbrief op www.cossee.com
en volg ons op Facebook en Twitter.

J.B.M. Jansen
M.H. Jansen-Koenderink

De IJzerhaar

Een dwaze maagd